W0321246

IMMORTELS

De la même auteure

La Familia grande
Seuil, 2021
et « Points », nº P5500

CAMILLE KOUCHNER

IMMORTELS

roman

ÉDITIONS DU SEUIL
*57, rue Gaston-Tessier, Paris XIXe*

Ouvrage publié sous la direction d'Aurélien Masson

En exergue :
Monique Wittig, *Les Guérillères*,
© Les Éditions de minuit, 1969

ISBN 978-2-02-157843-0

© ÉDITIONS DU SEUIL, AVRIL 2025

Le Code de la propriété intellectuelle interdit les copies ou reproductions destinées à une utilisation collective. Toute représentation ou reproduction intégrale ou partielle faite par quelque procédé que ce soit, sans le consentement de l'auteur ou de ses ayants cause, est illicite et constitue une contrefaçon sanctionnée par les articles L. 335-2 et suivants du Code de la propriété intellectuelle.

www.seuil.com

À S.

Pour Emmanuelle, ma sœur.

Tu dis qu'il n'y a pas de mots pour décrire ce temps, tu dis qu'il n'existe pas. Mais souviens-toi. [...] Ou, à défaut, invente.

Monique Wittig

Cet après-midi, quand l'anesthésiste m'a demandé de me réveiller, j'ai refusé net. Quand le chirurgien a pris la relève : « Madame, vous m'entendez ? Ça s'est très bien passé », j'ai trouvé qu'il me bousculait. Tais-toi, j'ai pensé. Laisse-moi tranquille. Chut ! Mon cerveau m'envoyait des messages clairs : Dors. Surtout, ne sors pas de cet état. J'ai gardé les yeux fermés. Rideau. Vous ne m'aurez pas. Je ne voulais rien savoir. Je n'étais pas prête. Le temps n'était pas arrivé de me réveiller à moitié.

Des heures de bataille. En dehors de la nôtre, j'ai fait taire toutes les voix. C'est comme ça qu'ils m'ont ramenée dans cette chambre. Comme ça qu'ils m'ont laissée là.

Maintenant, un silence de lame glisse dans le couloir. Un tourbillon d'angoisses me colle aux draps. Plus le calme s'installe, plus mon cerveau s'agite. Des lumières rouges et vertes clignotent autour de mon lit. Elles me tirent vers l'éveil, m'imposent de rompre l'accalmie. Ça chuchote. Par flashs. C'est la nuit / Regarde / Il fait noir / N'aie pas peur / Réveille-toi / Il n'y a plus rien à voir. Un vulgaire bon sens bastonne mon apathie. Une foutue horloge hypnotise mes songes.

Lumière verte. J'ouvre un œil. Un bandage enserre le haut de mon corps. De mes aisselles à mon nombril, un tissu le compresse. Un linceul déguise le manque. Je ne le vois pas mais je le sens.

Lumière rouge. Je me rappelle. Cette chambre de l'AP-HP, l'opération programmée. C'est pour ça que je respire à peine. Lumière verte. Je ne bouge pas. Je n'ai pas encore mal. J'essaye d'empêcher tout frottement contre les draps. Je voudrais me rendormir, mais un torrent m'emporte. Le cancer n'est rien à côté du chagrin qui dévale. Mon nez pique. Ma gorge se noue. Mes yeux s'embuent. Et cette chaleur qui m'envahit. Ce n'est pas bon du tout. Ne pleure pas / Ce serait pire / Si tu pleures, tu vas mourir. Si tu laisses venir les larmes, tu couleras.

Mon cerveau se bloque.

Est-ce que c'est comme ça que tu es mort, Ben ? Noyé à l'intérieur de ton corps ? Est-ce que tu pleurais, alors ?

*

Trois jours qu'on s'écrivait, toi et moi. Un message toutes les vingt minutes. Parfois plus, rarement moins. Toi à Erzerum, moi à Roquemaure. Un long week-end de juillet. Par textos, par mails, par WhatsApp. Trois jours sans discontinuer. Ça nous avait repris depuis quelques mois. Comme ça. Des jours entiers pendant lesquels on ne se lâchait pas. Des jours entiers où l'on était l'un à l'autre, l'un pour l'autre, et le reste du monde n'existait pas.

La veille, tu m'avais envoyé un morceau du Suprême NTM. De The Notorious B.I.G. aussi, suivi d'un : « Irrécupérable, je suis. » Un lien vers « Hexagone » surtout. Renaud. Je ne m'étais doutée de rien. J'avais écrit : « Pour moi, cette chanson c'est toi, mais bon, ça, c'est moi… » Je revois tes mots : « Plus jolie chose de toi à moi, K. » Tout de suite après, tu avais essayé de m'appeler. Dix-huit heures. Erzerum – Roquemaure. Cet après-midi-là, tu en avais eu assez de m'écrire des messages. Sur mon portable, tu étais apparu sous le nom que je t'avais donné : « Emily ». Même déflagration chaque fois. Un bonheur indicible. Sur mes lèvres un délice se glisse, mille souvenirs m'arrivent, celui de ta mère qui mettait des chewing-gums dans les lettres qu'elle nous envoyait au poney-club : « Surprise ! » Dix-huit heures. « Emily ».

Je n'avais pas décroché. J'avais renvoyé un texto : « Urgent ? Je ne peux pas te parler, je suis dans une rivière. » J'avais menti. Je ne voulais pas répondre. Pour nos conversations, j'ai toujours eu besoin de temps. Dix-huit heures quinze. « Aucune urgence, la rivière a de la chance. »

*

Ce soir-là, je suis allée me coucher vers une heure. J'ai mis mon portable sur silencieux – la sonnerie de mon téléphone m'a toujours rendue folle. Je me suis installée dans mon lit. J'ai ouvert *Les Hauts de Hurlevent* que je découvrais, à presque cinquante ans. Et j'ai fermé les yeux. Il faisait nuit noire dans ma chambre. Deux heures trente. Mon portable s'est allumé. Comme si je l'avais entendu, j'ai ouvert un œil. Un appel de toi. « Emily ». Je n'ai pas décroché. Deux heures trente-cinq. Lumière. Un message vocal. J'ai râlé. J'écouterais plus tard. Deux heures trente-huit. Lumière. Mais qu'est-ce qu'il se passe ? Un SMS cette fois, ta hargne : « Ton bon mari est un affreux, un mec de pouvoir, une marionnette de la grande scène. » J'ai lu. J'ai souri. Je n'ai rien répondu. Deux heures quarante-huit. Lumière. « Allez, viens, K, on dort. » Ce texto-là, je ne l'ai vu que plus tard. À deux heures quarante-huit, je venais de m'endormir, cachée sous le drap.

Le lendemain, quand je me suis réveillée, j'étais toujours dans le noir. Par réflexe, j'ai pris mon portable. Sur mon écran, ce sont les mails que j'ai regardés en premier. J'ai fait défiler les courriels. Dans la barre du haut, en gras, en objet : **Ben est mort**.

À quelle heure, tu dirais ?

C'est comme ça qu'Achille m'a prévenue. Je me souviens de la chambre dans laquelle j'étais. Je me souviens de tout. Du papier peint, de l'intensité du jour qui perçait quand j'ai ouvert les volets. De l'oiseau qui s'est envolé. De la plume qu'il m'a laissée. Je me rappelle la moquette ridicule sur laquelle je me suis effondrée. J'ai pris mon smartphone, j'ai lu le mail, je l'ai effacé. Le silence m'a étranglée. Comme un automate, j'ai penché la tête et recouvert mon œil de ma main droite. Paralysée. De rage. Contre toi. Par le chagrin qui s'abattrait sur moi. Les yeux immobiles sur mon portable, je suis restée assise sur le sol. Une heure ou deux, je crois. Et puis je me suis levée. J'ai tourné dans la pièce. Je n'avais nulle part où aller.

*

J'essaye de repousser la division. Je tente de retarder l'heure du bilan. Si je ne regarde pas, il n'y a pas de cancer. Il n'y a pas d'amputation. Malgré les machines qui clignotent, je ferme les yeux. Lumière rouge. J'essaye de me souvenir que je suis en vie. Lumière verte. Je convoque ma mémoire. Sur les portraits qu'elle m'envoie, je n'apparais nulle part. Sur la carte mentale que ma conscience dessine, il n'y a que des images de toi. Mon cerveau réagit. C'est curieux les souvenirs. Les miens sont partiels, irréels. Me souvenir de moi, c'est me souvenir de toi. Seule, je n'existe pas. Pour me faire advenir, il me faut te chercher en vie.

Lumière rouge. Des projections m'arrivent comme des hallucinations. Là, tu es minuscule. J'aperçois tes grands cils et tes taches de rousseur. Lumière verte. Tout se mélange. À quatre ans, tu es assis dans l'herbe grillée. Short en jean au genou, débardeur gris, tu fixes l'objectif avec intensité. Tu es seul. On dirait que tu viens de t'arrêter. Tu as dû courir. On devait être en train de jouer. Flash encore. Tu as un tee-shirt à manches longues, rayé rouge et blanc. Tu éclates de rire dans les bras de ta maman. Derrière vous, des amandiers, de la garrigue et des oliviers. Suzanne sourit. Elle t'emprisonne et tu essayes de te dégager. Je l'entends : « Mon p'tit chou. » Je t'imagine : « Mais lâche-moi, Suzanne ! » Lumière verte. Maintenant, tu dois avoir sept ans. Cheveux châtains qui presque bouclaient, dents du bonheur que tu montrais en souriant. Lumière rouge. Les images s'animent. Je te vois marchant dans les rues de Paris. Là, tu es adulte, et tu me prends dans tes bras. Tu me dis que tu mourras avant moi : « Une vie courte mais glorieuse, K ! Ne t'attache pas. » Tu ris. Tu te fous bien de l'abîme dans lequel je suis aujourd'hui. Cette douleur intense, lourde, dense. Cette tristesse qui ronge le corps. Cet affadissement du monde. Cette envie de se tirer une balle.

À quoi a-t-elle bien servi, ma vigilance ? Depuis toujours, j'ai peur qu'on nous sépare, qu'on nous arrache l'un à l'autre. À la piscine, à la récré. En colo, et plus tard dans les soirées. À moto, dans la rue, en voyage. En voiture, la nuit, le jour aussi. Des scénarios violents, je m'en suis fait tout le temps. L'angoisse n'interdit pas le drame.

Cette nuit, dans mon lit d'hôpital, je veille en état d'alerte. Comme quand, un soir, vers dix ou onze ans, j'ai compris que les garçons faisaient leur service militaire et qu'on allait t'y envoyer aussi. Je t'ai imaginé écrasé d'ordres, malheureux, loin de moi. Je redoutais moins l'ennemi de la nation que la violence de la discipline qui allait s'abattre sur toi. Je te voyais t'échappant, rattrapé, emprisonné. Toute la soirée, j'ai tremblé à tes côtés. Dans mon cauchemar, je craignais que tu meures désarmé, sans la force que j'aurais pu t'apporter.

À dix ou onze ans, je te pleurais déjà. Ta mort, j'ai passé ma vie à tenter de nous l'éviter. En pensée : Si tu meurs, je meurs. Depuis l'enfance, nos vies, je les rêve entremêlées. C'est comme ça. Il n'y a rien à expliquer. Ta mort, je la redoutais, mais je savais que tu me l'offrirais.

*

Il est deux heures quarante-huit à l'hôpital. J'ai enfin écouté ton message : « Je sais qu'il est tard. Toutes mes confuses, K. Mais j'ai besoin d'entendre ta voix. » Il est deux heures quarante-huit. Luttant contre l'éveil, mon esprit nous rassemble. L'enfance revient. Seule, tu peuples mon âme.

I

Cellule mère

Les souvenirs se mêlent aux fantasmes et assagissent mes larmes. Le réel se confond avec l'imaginaire. Je ne sais pas si ce sont les drogues ou la suffocation qui me plongent dans cette nuit sans âge. Tout est fidèle et tout est mensonger. Des images de nous se superposent qui ne sont ni tout à fait fausses ni tout à fait vraies. Cet état de confusion me garde sereine. Je ne veux qu'une chose : retenir notre unité.

Des moments de conscience nous divisent. Comme des fulgurances. Rouge, vert. Cellule mère, cancer. J'essaye de les rejeter. Parfois, ils s'installent. Sous la forme de questions. Qui se souviendra de toi ? Qui pourra savoir pour moi ? Comment te raconterai-je à Sam ? Comment parlerai-je de moi à mon enfant, alors que tu n'es plus là ?

Dans cette sortie d'anesthésie, ma vie intérieure, une et séparée, éloigne l'avenir et me porte à nous construire un passé. Peut-être que, parmi les mots qui exagéreront ton histoire, j'en trouverai quelques-uns qui raconteront la mienne ?

*

Je ne sais pas quand j'ai rencontré Ben. On était si petits, il y a si longtemps. Il n'y a pas de rencontre entre Ben et moi. Il a toujours été dans ma vie. J'ai toujours été dans la sienne.

Quand nous sommes nés, nos mères se connaissaient depuis deux bonnes années.

Seule fille d'une fratrie de huit enfants, la mère de Ben était issue d'une riche famille catholique de Vendée. Jusqu'à la fin de son collège, Suzanne, longue blonde à l'allure sage, avait accompagné ses parents à la messe, en la cathédrale de Luçon.

Au début des années 60, pour le lycée, elle avait été envoyée chez les sœurs à Neuilly, et logeait dans une pension de jeunes filles. C'est là qu'elle avait appris à faire le mur sans être prise. Régulièrement, avec ses copines, elle se rendait à Paris pour assister à des pièces de théâtre. Ce qu'elle aimait par-dessus tout, c'était attendre comédiens et metteurs en scène à la sortie des artistes. Elle discutait avec eux des enjeux de la représentation théâtrale, de la nécessaire distance entre les mots et la scène. Ils sollicitaient son point de vue sur une énième tragédie grecque et l'esthétique du théâtre de Bertolt Brecht.

De rencontre en rencontre, Suzanne avait lâché ses gants blancs et ses souliers vernis pour un look plus yéyé, minijupe et pull à damier. Les comédiens lui donnaient rendez-vous pour le souper, et l'invitaient à d'autres lectures. Petit à petit, elle avait pris confiance en elle. Elle avait affiné ses goûts, ses idées.

Plus tard, Suzanne avait poursuivi des études à la Sorbonne. Elle s'était installée chez des cousins à Paris pour suivre une licence de lettres modernes. Fascinée par Chéreau et Mnouchkine, elle rêvait de mise en scène. Après son Capes, elle était devenue professeure de lettres.

Ma mère, elle, était complètement athée. Petite brune aux yeux noirs, dernière enfant d'une famille d'immigrés juifs polonais, Béa était née à Aubervilliers, juste après que Paris eut été libérée.

Bercée de communisme et de laïcité, politisée très jeune, elle avait fait ses armes, à table, dans son propre foyer. Jusqu'à la vingtaine, elle avait assisté aux engueulades entre son père et ses frères, qui s'insurgeaient contre le stalinisme et dénonçaient la torture militaire à Alger. Chez eux, s'engueuler, c'était la seule manière de se parler. À l'opposé des femmes de la famille, elle tentait chaque fois de participer.

Depuis son enfance, Béa rêvait de devenir correspondante de guerre. Pour son avenir, l'Hexagone lui paraissait sans intérêt. Après l'école publique, elle s'était inscrite en science politique à Nanterre. Contrairement à ses sœurs, et contre l'avis de ses frères, elle avait suivi des études supérieures. D'abord pigiste sur le territoire, elle couvrirait plus tard des conflits à l'étranger. Captivée par Gilles Caron et Robert Capa, elle se rêvait en Lee Miller.

*

En cette nuit de lutte où mon corps me pèse, je repense à nos mères, Ben. Combien de temps la douceur de la tienne nous a-t-elle portés ? Les chansons qu'elle nous chantait, les livres qu'elle nous lisait. Tu te rappelles ? Au cœur de cette nuit de peine, j'attrape une note, un poème. Je puise ma force dans la voix de Suzanne. Ce soir, par la puissance des drogues qui me bercent, dans l'inconscience vers laquelle j'aspire à régresser, j'ai l'âge de me blottir dans les bras de ta mère. Et je l'entends me raconter la mienne.

Après avoir activement participé à Mai 68, protesté dans des amphis enfumés et couru derrière des CRS dépassés, Béa avait rejoint le Mouvement de libération des femmes. Je ne sais plus quand, avec ses copines, elle avait tenté de bloquer une conférence antiavortement organisée à l'Institut catholique de Paris. Les jeudis qui avaient suivi, elle les avait passés dans un préfabriqué de l'École des beaux-arts à militer et discuter. À vingt-sept ans, Béa signait le « Manifeste des 343 » du *Nouvel Observateur* et déclarait avoir avorté. Deux ans plus tard, fascinée par l'engagement de Delphine Seyrig, portée par la méthode Karman et la révolution qu'elle apportait, elle rejoignait le Mouvement pour la liberté de l'avortement et de la contraception, bien décidée à aider.

C'est comme ça que ma mère avait connu la tienne. En 1973, Béa avait organisé le voyage de Suzanne pour Amsterdam. La mère de Ben, qui s'interdisait toute contraception, était tombée enceinte d'un comédien qui avait déserté dès le lendemain. Elle avait mis du temps à s'en rendre compte. Quelques semaines plus tard, elle poussait la porte de l'un des comités du MLAC et tombait sur Béa, qui la prenait en charge.

Après ce voyage, les deux copines, Suzanne la catholique et Béa la gauchiste, avaient participé, ensemble, au tour de France de l'association. Nos mamans avaient passé l'été 1974 dans un car bardé de banderoles, à hurler qu'elles ne voulaient pas d'enfants.

*

Tu te souviens de ces dîners où Suzanne et Béa nous racontaient leurs années 70, Ben ?

Quand elles ne plongeaient pas dans de grandes discussions sur les violences sexuelles ou la nécessité de réunions en non-mixité, nos mères nous balançaient des slogans qui les faisaient éclater de rire : « Une femme sans homme, c'est comme un poisson sans bicyclette » ; « Il y a plus inconnu que le soldat inconnu, sa femme ». Béa nous parlait de Christine Delphy et de sa tentative de déposer une gerbe sous l'Arc de triomphe. Suzanne insistait sur l'importance du vocabulaire : « On parle des droits des femmes et non pas des droits de la femme. » Lorsqu'elles ne nous dépeignaient pas l'ennui des familles d'avant 68, Suzanne et Béa nous expliquaient leur fierté d'avoir un métier et leur soulagement de pouvoir écarter les hommes qu'elles ne voulaient pas épouser. Chaque conversation était teintée d'un implicite. Entre elles, rôdaient sans doute des souvenirs qu'elles nous taisaient.

J'ai encore avec moi les photos de cette époque. Pendant des années elles sont restées punaisées sur les murs de la chambre de ma mère. Suzanne et elle portent des pantalons pattes d'eph, des chemises à fleurs et d'énormes bagues aux doigts. Béa a un grand manteau en poil gris, semblable à la surcouverture posée sur son lit. Sur chaque image, nos mères fument. Autour du cou de la mienne, un appareil photo ; dans les mains de la tienne, un livre.

Longtemps que j'essaye de comprendre quoi faire de ces portraits. Le papier jauni a dénaturé la fraîcheur du sourire de nos mères. Le temps a perverti mon admiration pour elles. Pourtant, leur force me porte encore. Malgré leurs contradictions, je suis fière d'avoir été leur enfant. Je sais que tu l'étais aussi. Cette nuit, je t'entends me murmurer ton amour pour elles.

Je m'en remets à cette puissance, Ben. Par ta voix, leur courage diffuse en moi.

Dans le noir de ma chambre, me revient ce long trajet en voiture. On avait cinq ou six ans, je crois.

Sur la route, Béa me faisait répéter : « Pour être une femme bonne, il faut être un bonhomme ! » Et Suzanne tentait de nuancer : « Ton vocabulaire maintient K dans un monde de dominants et de misogynes. En lui parlant comme ça, tu l'identifies à la faiblesse par son sexe et lui apprends à se détester. C'est une leçon violente, humiliante, et elle va l'engranger. » Suzanne était sérieuse. Elle détestait que ma mère m'apprenne la concurrence. Elle insistait : « Par cette compétition, tu oppresses déjà ta fille. Tu lui nuis. K va grandir en colère d'être une femme. Elle va grandir coupable de ne pas être un homme. Par cet essentialisme, tu lui inculques d'emblée un sentiment d'infériorité. Tu la condamnes à une subjectivité façonnée, une vie aux enjeux préemptés. »

Dans la voiture, ta mère tentait de convaincre la mienne : « Ce n'est pas toi qui étais admirative de Wittig, Béa ? Rappelle-moi. "Son *Opoponax*, quel livre ! Arcadie, les Petites Marguerites, les Gouines rouges. Ça c'était quelque chose !" La grandeur des lesbiennes. Droit de vivre peinardes et lutte des classes... Ce n'est pas moi qui vantais tout ça. »

Béa, qui conduisait, une clope dans la main gauche, reprenait l'hymne du MLF et souriait à Suzanne. Toi et moi, à l'arrière, on connaissait les paroles par cœur. Ensemble, on fredonnait :

Debout femmes esclaves
Et brisons nos entraves
Debout, debout, debout !

Ma mère se moquait de la tienne : « Écoutez-la, la petite catho... La voilà qui s'intéresse enfin à la sexualité. Tu me fais bien rire, Suzanne. T'avais qu'à y aller, chez les lesbiennes. On n'en serait pas là – hein, Ben ? Tu oublies Sartre, Beauvoir et Halimi, ma vieille. On était aussi fières d'être des salopes à l'époque ! »

À l'arrière, on ne comprenait rien. Mais on adorait quand Béa disait des gros mots. On n'était pas inquiets : quand nos mères s'engueulaient, elles finissaient toujours par se réconcilier.

Ben et moi avons été élevés dans l'éblouissement de ce temps de lutte. Par leur indéfectible amitié, nos mères, si différentes l'une de l'autre, nous ont transmis la puissance qu'apporte la joie militante.

Ce soir, je puise en elles pour survivre à ta mort. Tu as raison, Ben. Me souvenir d'elles, c'est aborder cette nuit comme un combat, c'est tenter d'attaquer la douleur par la joie.

*

Au temps du MLAC, ma mère avait déjà rencontré mon père, fils unique d'une aristo sans emploi et d'un gaulliste Algérie française, un type de l'ORTF.

Plus jeune qu'elle, cancre pourri-gâté, François entamait sa première année de science politique quand Béa terminait son diplôme d'études supérieures sur Heidegger. À cette époque, pour arrondir ses fins de mois, elle proposait des cours particuliers. C'est comme ça que mes parents s'étaient connus, en discutant d'*Être et Temps*.

François avait été l'élève de Béa. Il était tombé amoureux d'elle, moins convaincu par ses leçons de déconstruction que par l'utilité de son savoir en société.

Béa, elle, trouvait François fascinant d'arrogance. Quand arrivait l'heure de sa leçon, il l'accueillait dans le salon familial, une pièce pleine de dorures d'un hôtel particulier du XVIe arrondissement. Ils s'installaient tous les deux autour d'une table basse et ouvraient la discussion. D'abord, François faisait mine de recevoir la maïeutique de Béa avec humilité et admiration. Béa voyait dans cette attitude de la déférence, la marque d'un respect que ni son père ni ses frères ne lui avaient accordé jusque-là. Assis à côté d'elle, François, immense tige à la mèche brune et trop longue, croisait les jambes, lui servait un whisky et l'invitait à poursuivre sa leçon. Quelques instants plus tard, il l'interrompait et tentait d'imposer ses idées, ses propres conceptions.

Mes parents n'étaient jamais d'accord, et, sur mon père, Béa se flattait de l'emporter largement.

Le monde de facilités dans lequel François évoluait,

l'assurance avec laquelle il parlait, le pouvoir que, déjà, sa condition lui donnait : Béa s'était mis en tête de tout conquérir, tout gagner. Pas question que son genre ou ses origines l'empêchent d'y accéder.

Suzanne, elle, avait rencontré Xavier rapidement après son avortement. Né en 1937 en Catalogne, orphelin de parents anarchistes, le père de Ben avait été élevé par sa grand-mère, à Cadaqués.

À dix-huit ans, Xavier, jeune gars tout en rondeurs, blond et râblé, était monté à Paris et s'était installé chez une tante. Devenu spécialiste d'Althusser, il enseignait la philosophie aux classes prépa, dans le même lycée que Suzanne.

Pour la séduire, il l'avait invitée à boire un « Papá Doble à la Hemingway » en plein scandale du Watergate. Installé dans l'immense canapé de l'appartement qu'il occupait au Panthéon, Xavier lui avait fait le coup de la chaleur diffuse, celui du vieux loup solitaire qui sourit derrière son air austère. Mi-distancié, mi-enjoué. Pédagogue, il avait d'abord développé une thèse sur l'assassinat de Luther King, puis sur celui de Kennedy. Il avait ensuite expliqué à Suzanne le rejet de Johnson au profit d'Hubert Humphrey. Enfin, il avait étalé sa superbe à propos de l'élection de Nixon, du détournement du FBI, du travail de Bob Woodward et Carl Bernstein. Aux dires de Suzanne, Xavier l'avait passionnée. Un langage doux, ouvert, savant. Il avait terminé ses descriptions par un baiser.

À la fin de l'année 1974, il avait emmené Suzanne aux USA où un collègue philosophe s'était installé. C'est là qu'elle était tombée enceinte de Ben. « Son petit Américain ». Là aussi que Xavier avait décidé d'accepter le poste que Columbia lui offrait pour enseigner enfin à l'Université.

Quelques mois plus tard, poussée par Xavier qui avait promis de l'y rejoindre, Suzanne était rentrée à Paris pour accoucher. Béa l'y attendait rue Boissonade. À cette époque, elle habitait avec mon père au cinquième étage d'un immeuble qui appartenait à la mère de François. Béa avait convaincu sa belle-mère de louer le quatrième à Suzanne.

Nous avons vécu là nos premières années.

Nous sommes nés à deux mois d'intervalle, Ben et moi. En octobre 1975, Béa accouchait. En décembre, elle donnait la main à Suzanne et c'est Ben qui naissait.

Ma mère a commencé à voyager peu de temps après. Cambodge, Angola, Liban, Timor oriental... Béa essayait, comme elle le pouvait, de rejoindre toutes les zones de combat. Plus tard, elle me l'expliquerait : « J'attachais beaucoup d'importance à ton instruction, mais pas question que ma fille entrave ma carrière. Ça, tu peux bien le comprendre, K ? » Mon père, lui, ne se sentait pas concerné : « Les bébés... Mouais, je préfère quand ils sont plus grands. Et puis, une fille... Qu'est-ce que tu voulais que je te dise ? »

Avec l'aide de Xavier, Suzanne, elle, s'est arrêtée de travailler. C'est elle qui s'est occupée de nous les premières années : un reportage, une pige, une soirée de mes parents, et j'étais descendue au quatrième.

Ben et moi avons grandi indissociables dès nos premières semaines. Cellule sereine au même ADN.

J'entends ta respiration, Ben. Elle me ramène à moi-même. Me reviennent les sons, les couleurs, la chaleur des mois où nous étions bébés, toi et moi. Pour un temps, ils me sortent de cette nuit de cauchemar. J'inspire doucement. Sans toi, je n'ai pas de mémoire. J'expire. Mon esprit nous confond. Quand je pense à ce temps-là, Ben, je ne vois qu'un enfant.

*

Nous avons appris à nous endormir dans le même lit parapluie, Ben et moi. Quand je dormais au quatrième, Suzanne nous glissait dans des grenouillères aux pieds antidérapants, l'une bleue, l'autre orange. Elle éteignait la lumière et Ben se collait contre mon corps. J'entends encore son souffle à mon oreille.

Chaque soir, pouce dans la bouche, Ben caressait mon œil droit, du bout des doigts. Il passait de longues minutes la main sur mon visage, les yeux rivés sur la ballerine jaillie de la boîte à musique ouverte par Suzanne.

Mi, mi, sol, mi, mi, sol.
Mi, sol, do, si, la, la.

Respiration. Œil droit, bout des doigts.

Plus tard, Ben et moi avons appris à marcher, ensemble.

Nous avons commencé par le quatre-pattes. Pour se rapprocher, Ben roulait jusqu'à moi. Une fois qu'il m'avait atteinte, il se couchait sur mon dos. Installé sur le ventre, il poussait sur ses bras et dépliait ses jambes. Ensuite, il se lançait et commençait à ramper. C'est comme ça que nous avons compris comment nous déplacer. Ben avançait et je le suivais. J'étais sa ligne de départ, son tremplin. Il était mon guide, jusqu'à ce que j'accélère et que ce soit son tour de passer derrière.

Ce rituel a duré longtemps. D'abord la roulade, ensuite l'écrasement, et enfin l'un derrière l'autre, en alternant. J'ai souvent demandé à Ben de reproduire nos départs : « Tu peux m'écraser, s'te plaît ? » Hier encore, on s'allongeait par terre, Ben se couchait sur mon dos et pesait sur moi. J'avais besoin qu'il s'exécute sans poser de questions. Son poids me donnait un passé qui, sans lui, m'échappait.

Vers un an, Suzanne nous a mis dans des sortes de culottes supportées par des élastiques géants. En poussant sur nos pieds, nous rebondissions comme des poupées désarticulées. Cette installation visait soi-disant à nous apprendre à tenir debout. Elle avait surtout pour effet de nous empêcher de crapahuter partout.

Pour nos premiers pas, j'ai attendu que Ben soit prêt. Vers treize mois, Ben portait l'une de mes chaussures dans chaque main pour trouver son équilibre. Moi, je tombais dès qu'on me regardait. Je ne voulais pas qu'on me voie. Je me concentrais sur Ben, j'avais besoin de le suivre, qu'il soit devant moi. Ensemble, nous traversions le couloir qui séparait notre chambre de la cuisine. S'y aventurer seul nous aurait paru impensable. Le reste du temps, nous demeurions à l'abri, entre nous, autosuffisants.

C'est Suzanne qui m'a raconté cette période-là. Ni mes parents ni le père de Ben n'ont assisté à ça.

Ben et moi avons surtout appris à parler, ensemble. Communiquer s'est imposé comme un réflexe naturel dès nos premières semaines. Notre premier jeu à deux, je crois.

Suzanne et Béa ne l'ont pas tout de suite compris. Tout petits, nos silences en disaient plus long que nos babillements. Notre dialogue émanait du mouvement de nos corps. Ben me lançait un regard auquel je répondais par un déplacement. Mon visage marquait une expression à laquelle Ben répondait à sa façon. Chacun de nos gestes était une adresse à l'autre. Parfois quelques mots fusaient, mais, pour nous, ils avaient peu de signification. Nous pouvions rester des heures dans notre chambre sans que personne nous comprenne. Suzanne nous écoutait rire, sans entendre ce que nous échangions. Nous nous parlions pourtant.

Vers trois ans, Suzanne se servait déjà de moi pour te comprendre, Ben : « Mais enfin, pourquoi il pleure ? » Et je la guidais vers la raison. Je crois que, comme les autres, ta mère nous trouvait bizarres, un peu en retard. Aucun de nos parents ne mesurait notre avance. Ils ne suspectaient pas que nos soliloques, l'un à côté de l'autre, relevaient déjà du partage, de la communication.

Grandir à deux, c'est avoir l'échange pour fonction vitale. C'est faire du langage une respiration, et ne pas pouvoir vivre autrement.

*

Notre premier vocabulaire a été politique. D'emblée, Béa a incité Suzanne à nous parler de tout, tout le temps. J'entends encore ma mère : « L'infantilisation est une soumission ! » Pas question de nous lire des comptines, ou de nous chanter des chansons pour enfants. Les entendre vivre suffirait à notre éducation.

Quand elle rentrait de reportage, Béa s'installait sur le grand pouf noir du quatrième et prenait Ben dans ses bras. Minuscule dans cette pièce où les cendriers étaient pleins, il passait ses petits doigts sur les colliers de ma mère. Assise face à eux sur la moquette en poil, je calais mon pied contre celui de Ben. Et, comme Suzanne, j'écoutais Béa.

Ma mère nous racontait les guerres et les conflits politiques. Ceux qu'elle aurait rêvé de couvrir, ceux dont on devrait se souvenir. L'Italie des années de plomb, le Chili, le Portugal. Elle nous expliquait l'Algérie, le Vietnam, les Khmers rouges, aussi. Plus tard, elle laisserait traîner des images du Liban, de Kurdes, et de l'Irak, d'enfants grandis dans des camps.

Béa vivait sans attache. Se souvenir d'où elle venait ne l'a jamais intéressée. Voyageuse, elle haïssait les racines, les successions, la famille, tous ces symboles bourgeois « source d'oppression patriarcale, outils de domination ». Sans que l'on ne comprenne rien, Béa nous répétait sans arrêt le même message : « Il faut partir, les enfants. Il n'y a pas de famille, surtout pour les filles. »

Pendant toute notre enfance nous avons vu ma mère disparaître loin, longtemps, dans des endroits d'où, plus tard, je pensais qu'elle ne reviendrait pas. Et puis Béa rentrait, malade, malheureuse d'être là.

Ben a toujours admiré ma mère. Il a longtemps rêvé de la suivre, je crois : « Un jour, moi aussi, j'irai. Hein, K, on ira ? » Béa éclatait de rire : « Oui, oui ! Ben, passe ton bac d'abord ! Et apprends aussi à te laver les dents, mon p'tit gars. » Béa était tendre avec Ben. Ils étaient complices. Et j'adorais voir ça.

J'aimais tellement la voir passer sa main dans tes cheveux châtains. Apercevoir tes petites dents de devant qui, l'espace d'un sourire, se mettaient à luire. Tes yeux rétrécir, t'entendre rire.

De loin, je comparais la taille de vos corps. Ta petite main posée sur le cou de Béa. Ton visage tout chaud au creux de son épaule.

Quand tu étais dans les bras de ma mère, Ben, c'était comme si j'y étais moi.

*

Pendant des années, nous avons assisté au spectacle de nos mères ensemble. Leurs incessants allers-retours entre le cinquième et le quatrième bercent encore mon sommeil. Débarquant chez l'une pour profiter d'un bon dîner, donnant rendez-vous à l'autre pour fumer un joint ou ouvrir une bouteille de vin, nos mères faisaient résonner leurs accords. Bob Dylan. Joan Baez. Nancy Sinatra. Renaud. Combien de soirées avons-nous passé à regarder Béa et Suzanne danser ?

I was five and he was six
We rode on horses made of sticks...

Malgré leur rejet de la culture, « émanation d'un ordre bourgeois propre à dominer les prolétaires » selon ma mère, en dépit de leurs critiques de toutes les institutions, « instruments de coercition des masses populaires », c'est en musique que Béa et Suzanne nous ont mis au diapason de leurs chansons :

Camarade bourgeois
Camarade fils à papa…

À combien de festivals les avons-nous accompagnées pour suivre Renaud en tournée ?

En 1978, nos mères nous traînaient déjà au Printemps de Bourges. Dans la poussette double que Suzanne avait empruntée à une cousine, Ben posait son pied sur le mien et gardait les yeux grands ouverts. Moi, endormie, je tenais sa main dans la mienne.

Toute notre vie, nous aurons ce double langage, Ben et moi. Le nôtre, l'intime, celui de nos corps. Et la langue maternelle pour les autres, musicale et contestataire.

Bang bang.

*

Jusqu'à nos six ans, Xavier est resté aux États-Unis.

Nous avions de ses nouvelles par Suzanne. Désigné expert en French Theory, penseur de la post-modernité, le père de Ben jouait les intellectuels français à Columbia University.

Suzanne parlait souvent de son père à Ben. Elle lui vantait le talent de Xavier et lui montrait chaque article qu'il publiait. Le temps de gagner sa vie, Xavier reviendrait bientôt à Paris. Ils s'installeraient tous ensemble au quatrième, et Ben deviendrait fort comme lui.

Contagieux, le bonheur de Suzanne donnait à Ben l'envie de connaître son père.

De temps en temps, Xavier lui envoyait une carte postale. Pour chacune d'entre elles, le rituel était le même. La mère de Ben nous installait à la table de la cuisine et nous recouvrait de sacs-poubelle pour ne pas nous tacher. Elle sortait peinture, pinceaux et crayons de couleur et nous incitait à répondre à Xavier par des copies de grands buildings : Empire State, Twins Towers. À observer les modèles qu'elle nous tendait, l'Amérique devenait un horizon.

Ben s'appliquait d'abord à reproduire ces chimères sur des brouillons. Il coinçait sa petite langue entre ses dents et serrait fort les couleurs entre ses doigts. Souvent, la mine de ses crayons perçait le dessin et il pleurait de colère et de frustration. Suzanne le prenait alors dans ses bras : « N'appuie pas si fort, mon petit chou. Dessine plutôt un arc-en-ciel pour papa. »

Quand nos ébauches nous paraissaient satisfaisantes, nous les reportions sur de belles feuilles Canson. Ensuite, Suzanne glissait l'arc-en-ciel de Ben dans une grande enveloppe marron et gardait le mien dans un carton.

*

Pendant ce temps, mon père, lui, vivait quasi seul au cinquième. Se disant journaliste politique, profitant de l'entregent de ses parents, François travaillait pour les nouvelles chaînes de la télévision. Le jour comme le soir, il exigeait le calme pour préparer ses émissions.

Chaque fois que je montais dans son appartement, mon père abattait sur moi un silence méprisant, un regard régulateur, injonctions à la soumission. Sans que je comprenne pourquoi, il m'infligeait des gueulantes retentissantes accompagnées de coups de pied au cul effroyables d'humiliation : « Dis donc, Machine, tu veux pas r'tourner au quatrième ? Ça m'f'rait d'l'air ! » Je redescendais chez Suzanne, où m'attendait Ben qui redoutait les colères de François.

Toute sa vie mon père m'aura appelée « Machine ». Machine. Comme une machine à écrire, comme une machine ou une autre, qu'on achète, dont on use et qu'on jette. Une machine, un truc qui vous appartient et que vous utilisez quand vous en avez besoin.

Toute sa vie mon père nous aura détestés, Ben et moi, duo d'enfants heureux qui le rendait jaloux comme un pou. Avant nos six ans déjà, François, enfant unique, roi d'un empire où seules importaient les manières, se moquait de la place que nous accordaient Suzanne et Béa.

Cette nuit, dans mon lit, j'entends tes chuchotements, Ben. Ceux qui m'élèvent et me bouleversent. Ceux qui, depuis toujours, me protègent de mon père : « Laisse tomber, K. Quand on n'a rien mérité, on a toujours peur de pas avoir assez. Toi et moi, on le sait : on sera jamais comme François. »

Xavier est rentré à Paris le jour de l'élection de Mitterrand. Je me rappelle cette soirée-là.

Le 10 mai 1981, François et Béa s'étaient réunis chez Suzanne autour du poste de télévision. Mon père, pigiste à pistons, jouait les experts et livrait ses commentaires : « L'alliance avec les communistes, c'est quand même la perte de tous les repères. » Ma mère, elle, appareil photo à la main, désespérait d'être appelée pour quelques clichés. Quant à Suzanne, elle avait seule préparé le dîner.

Pour la première fois, Xavier était là. Pour la première fois, Xavier était un corps. Hors des photos punaisées et des propos rapportés.

Le père de Ben reprenait l'appartement de sa tante au Panthéon. Il s'installait dans un autre quartier. À Suzanne, il imposait un accord, un changement de plan. Une séparation. Désormais, Ben et moi passerions nos étés chez lui à Cadaqués. Mais, à Paris, Ben ne verrait son père que certains week-ends.

Ben était heureux de rencontrer Xavier. Berné par l'assentiment contraint de Suzanne, il avait hâte de lui montrer tout ce qu'il connaissait. Il tentait d'attirer son attention : « Et toi, tu as voté quoi, papa ? »

*

Ben et moi n'étions pas grands mais je me rappelle encore l'effervescence de ce jour d'élection. Un peu avant vingt heures, les coups de fil s'étaient multipliés. Chacun voulait être tenu au courant. Qui avait une information ? Qui savait qui serait président ? Le père de François, au bout de la ligne, était inquiet : « Chienlit, chienlit, chienlit. Ne me dis pas que ces bolcheviks vont prendre le pouvoir ! »

Quand le visage de Mitterrand était apparu à l'écran, la joie de nos mères avait éclaté. Tranche par tranche, l'image du vainqueur s'était dévoilée. D'abord le haut du crâne, chauve, puis l'arcade sourcilière, les yeux, enfin le nez. C'est Béa qui, la première, avait hurlé : « Victoire ! » Sur Antenne 2, d'une voix placide, Jean-Pierre Elkabbach avait confirmé : « Cinq, quatre, trois, deux, un. François Mitterrand est élu président de la République. » Ben s'était jeté dans mes bras : « On a gagné ! »

Pour la première fois, nous étions conviés dans le cénacle de nos parents. Là où nos naissances n'avaient pas suffi, leur perspective de pouvoir créait l'union. Les voir ensemble nous avait paru inédit. Leur ambition commune ancrait définitivement nos convictions. Par capillarité, nous goûtions la victoire. Ben et moi devenions les enfants de Mitterrand.

« On a gagné ! On a gagné ! » Je me rappelle mon ventre qui s'ouvre à la confiance, ton énergie qui gonfle. Ton élan de vie. Je revis la joie de nos mères plus profondément encore. Leur enthousiasme, la force de leur croyance.

Avec François, nous les avions suivies à la Bastille pour fêter l'élection. Xavier, lui, était parti donner une interview, livrer son analyse pour les USA.

Au pied du Génie, deux cent mille personnes étaient réunies. Les hommes portaient des moustaches et des petits blousons, les femmes des cheveux longs et de grosses barrettes qui les retenaient en arrière. Sur la place, la musique était forte. Nos parents se déhanchaient sur « Rapper's Delight ». Ce son-là, nous nous le rappellerions longtemps :

Said a hip-hop, the hippie to the hippie
The hip, hip-a-hop and you don't stop rockin'
To the bang, bang the boogie, say up jump the boogie
To the rhythm of the boogie, the beat.

Tous dansaient en hurlant : « Mitterrand ! Mitterrand ! »

Au milieu de la foule, perché sur les épaules de François, Ben gardait la bouche ouverte. Il découvrait, surexcité, une multitude de doigts en V, geste qu'il reproduisait. Moi, je tenais Suzanne par la taille et admirais ma mère qui n'arrêtait pas de parler à des gens, de les saluer. On aurait dit qu'elle était montée sur ressort. Béa hélait les passants et distribuait les accolades. « Ce/n'est/qu'un début,/continuons le/combat ! » Tous hurlaient le même slogan.

Plus tard, un orage s'était abattu sur Paris. Après nous être abrités sous des bâches en plastique en compagnie d'inconnus ravis, nous étions rentrés trempés à la maison.

Le lendemain, les journalistes analysaient les résultats à la télévision : « Et avec la musique de leurs vingt ans, les soixante-huitards ont retrouvé leur jeunesse. » Dans la France du mois de mai, tout le monde avait l'air en liesse. En Alsace, on dansait sur du reggae. À Château-Chinon, Mitterrand saluait la foule depuis la terrasse de l'hôtel Au Vieux Morvan.

Et Ben retrouvait son père, qui lui annonçait qu'ils allaient vivre séparément.

*

Alimentée par le « Au re-voir » de Giscard, la gaîté de nos mères a duré plusieurs semaines. Depuis ses adieux télévisés, Suzanne et Béa passaient leur temps à imiter l'ancien président. Dès que ma mère remontait au cinquième, elle disait « Au re-voir » à la tienne. Dès que nous descendions au quatrième, nous disions « Au re-voir » à François. Même entre nous, dans notre chambre ou à l'école, nous n'arrêtions pas de nous saluer d'un « au re-voir » à la Giscard.

C'est dans cette ambiance que Ben et moi avons suivi nos parents à Cadaqués pour la première fois.

Après l'élection de Mitterrand, nous avons tous passé le mois de juillet dans la maison que Xavier avait habitée quand il était enfant. Cet été-là, le père de Ben y avait aussi réuni de vieux copains du coin.

Indifférent à la douleur de Suzanne, Xavier nous avait présenté Elizabeth, sa nouvelle femme, une romancière américaine qu'il avait rencontrée à Columbia. Depuis quelques années, il vivait avec elle à New York, où, ensemble, ils élevaient Hugh, un pré-ado de onze ans. C'est avec eux qu'il s'installait au Panthéon.

Cet été-là, Hugh est devenu notre « beau-frère », comme s'amusaient à le désigner nos parents. C'est comme ça qu'on l'appellerait dorénavant. Intrigués par les cinq années qui faisaient de lui notre aîné, fascinés par son anglais parfait, nous l'avons adoré d'emblée.

Pour lui prouver notre attachement, nous imitions chacun de ses mouvements.

J'aimais tellement les moments où, à l'heure de la sieste, il nous apprenait le *Monopoly*. Il comparait les rues de New York à celles de Paris, nous parlait de Manhattan, du New Jersey aussi. Hugh me semblait tout connaître : « Un jour, je vous emmènerai. » Nous avions envie de le suivre partout. Mais sitôt le temps calme levé, il retournait avec les grands. Et Ben et moi partions en quête des environs.

*

Nous avons découvert notre arbre dès notre première balade « dans les montagnes ».

Dans les hauteurs de Cadaqués, un énorme tronc se divisait, se multipliait à perte de vue. Deux branches sortaient ensemble du sol. Plante unique ou bois duals. Double déesse qui s'élançait vers le ciel. En haut des collines, surplombant la mer, un chêne-liège se scindait en deux et puisait dans mille racines qui serpentaient, s'enchevêtraient au tréfonds.

Nous en avions fait notre cachette, planque idéale pour se sauver de nos parents.

Ce chêne, nos arbres, vivait sans tuteurs, progressait en liberté. Les longues lianes qui le retenaient à la roche siliceuse formaient de gros nœuds qui surgissaient de terre puis disparaissaient. Grâce à elles, toute leur vie, ces tiges se renouvelleraient. Liège mâle et liège femelle. Siamois aux trésors. Phénix aux mille secrets. Cet arbre, ces arbres, c'était le nôtre. En dehors de nous, personne n'aurait le droit de le voir.

Maintenant que tu n'es plus là, je peux en parler, tu crois ?

Dans les hauteurs de Cadaqués, se trouve un être bicéphale dont l'existence est une aventure. Petits, il nous tenait lieu de racines. Il enfermait nos vies. Enfants, nous y avons planté notre âme. L'unique, avant qu'elle ne cède à la structure sociale.

*

À Cadaqués, nos parents nous imposaient une famille soit-disant réinventée. Xavier n'était plus avec Suzanne mais l'appelait « *compañera* ». Il discutait avec Béa pendant qu'Elizabeth jouait aux échecs avec François. Avec les autres amis de la bande, tous s'entremêlaient. Hugh, Ben et moi devenions leurs enfants, « frères » et « sœur » à peine présentés.

Ben était heureux cet été-là. Suzanne, Elizabeth, Hugh, Xavier, tant que je l'accompagnais, tout lui allait. Moi, je n'ai jamais aimé Xavier.

*

Premières vacances en famille. Le père de Ben détestait ses manières. Ses gestes, ses pas, ses intonations, tout l'exaspérait. Xavier criait, contraignait Ben, le rectifiait. Suzanne remarquait cette violence, mais ne faisait rien pour l'empêcher.

Premières vacances en famille. Le père de Ben ne lui parlait jamais. Il passait des heures devant le Tour de France, dans le salon télé. Des heures où, quand il se croyait seul, Xavier ne faisait que se palucher. Je l'avais surpris un après-midi. Comme un enfant piégé, il avait retiré la main de son sexe et m'avait engueulée : « Qu'est-ce que tu fais là, K ! *¡Afuera, puta madre!* »

Premières vacances en famille. Je voudrais oublier cette balade sur la plage, le long du rivage. Cette balade du matin, pour s'aérer. Tous ensemble, petits et grands mêlés.

Malgré moi, les images m'arrivent. Ben s'était éloigné. Loin des regards, il s'était cru abrité. Égal à lui-même, gracieux, une main relevée, Ben s'était mis à marcher comme il l'entendait. Balancement des hanches, petit chant sifflоté, une absolue légèreté. Une humeur libérée, un bonheur écourté. Xavier, au loin, avait hurlé : « Ben, ça va ?! On te dérange pas, *maricón* ! » Il s'était retourné vers Suzanne : « Tu nous en fais une tarlouze ou quoi ? »

Premières vacances en famille. Le père de Ben l'avait humilié et, net, Ben s'était arrêté. Il avait obtempéré, terrorisé, et avait repris la marche, en meilleure conformité.

*

Malgré ma somnolence, je lève les yeux au ciel.

Ton père a toujours refusé que tu vives d'autres expériences que les siennes, Ben. Machiste satisfait, Xavier n'a jamais envisagé ta vie qu'à travers le prisme de son propre passé. Sa vie durant, il n'a su se référer qu'à un seul contexte : celui de son existence à l'identité formatée. Xavier, tout philosophe qu'il était, n'a jamais autorisé les questions que tu te posais.

Mais, bizarrement, c'est à cette époque qu'a démarré ton admiration pour ce con.

*

Exaspérée, j'avais hurlé : « Laisse Ben tranquille, Xavier ! On te connaît même pas pour de vrai ! »

Plus tard, quand nous étions allés nous baigner, Ben s'était jeté sur moi, m'avait précipitée dans les vagues, enfoncé la tête dans l'eau. Il m'y avait maintenue, fulminant, lui-même asphyxié. J'avais bien cru y passer. Pour la première fois, j'avais senti qu'il voulait me tuer.

J'avais fini par émerger et je m'étais mise à hurler. Je voulais retrouver Béa. Je voulais parler à ma mère.

Pour arrêter de pleurer. Je voulais lui raconter ma noyade, lui dire que j'avais cru mourir, que je ne pouvais plus respirer.

Un peu plus loin, à l'abri d'une guitoune, en grande discussion avec Xavier, ma mère m'avait balancé : « Qu'est-ce que j't'ai dit, K ? T'es aussi forte que Ben, non ? Qu'est-ce que j't'ai dit, K ? "C'est le plus intelligent qui cède." Quel que soit le conflit. Ne viens pas me faire chier pour ça. Je ne peux rien pour toi. J'en ai marre de tes enfantillages ! C'est dégueulasse, ce que tu me fais là. Pourquoi ce sont toujours les mères que les mômes viennent emmerder ? »

J'étais retournée dans l'eau. Et, loin des parents, loin de Béa, loin de Xavier, c'est toi qui avais séché mes larmes. C'est toi qui m'avais prise dans tes bras. Caresses de mon œil droit, du bout des doigts.

« C'est le plus intelligent qui cède. »

Toute ma vie, ma mère me le répétera, comme un mantra.

*

À Cadaqués, quand il n'était pas devant la télé, Xavier trônait. Certains après-midi, installé sur une chaise longue, il lisait sans discontinuer, imposant autour de lui un silence de plomb. François jouait seul aux cartes, pendant que Ben et moi allions manger des pâtisseries avec Hugh, qui nous emmenait à la Mallorquina.

Suzanne, elle, tournait autour d'Elizabeth et Béa dévorait *Libération*. Tous attendaient le soir. Quand l'apéro commençait, l'excitation les prenait. Les discussions fusaient. Toujours invités à leur table, nous jouions les serveurs, leur apportions leurs verres, rioja, blanc de Creus, absinthe, dans lesquels, avec la bénédiction de Béa, nous trempions nos lèvres de temps en temps.

Cet été-là, je trouvais ma mère fascinante. Tous les regards se portaient sur elle.

Un soir, elle était rentrée dans la maison et, au-dessus de la table du jardin où tous étaient assis, elle avait paru seins nus à la fenêtre : « Hé, les mecs ! Vous venez ? » François était fou de rage : « Redescends tout de suite, Béa ! » Elle l'avait immédiatement rembarré : « Dis donc, mon lapin, je ne suis pas ta propriété. » Il était parti seul dans le village, vexé.

Cet été-là, mes parents se sont séparés. Fini. Terminé. Il n'y aurait plus de François à la rentrée. Béa descendrait chez Suzanne. Nous vivrions tous les quatre au quatrième.

*

Je souris en repensant à ta grimace, Ben. En entendant Béa, tu avais passé deux doigts derrière ta tête et montré tes dents de devant. Ton mime préféré. À cette époque, tu adorais que ma mère réponde à mon père.

Et ton bonheur effaçait l'annonce du départ de François. « Bon débarras, mon lapin ! »

Je parle seule. « Bon débarras ! »
Je t'entends répéter les mots de Béa.

« Bon débarras ! »
La joie monte au creux de mon ventre. J'entends ta petite voix. Un sourire me bouscule. Je revis le bonheur de notre première décennie. Celle qui a forgé notre caractère.

« Bon débarras ! »
Par ta mort, je retourne vers ce temps de nos parents. Tous m'apparaissent comme des ions qui se repoussent et s'invitent. Positifs et négatifs. Des électrons qui gravitent autour de nous, leur fondation. Nous sommes leur noyau.
Pas leurs répliques.

« Bon débarras ! »
Dans cette nuit de brouillard, chacun s'efface derrière le groupe. Nos parents m'arrivent ensemble. Repartent en formes agitées, indiscernables, inoffensives mais vives. C'est comme ça que je me les remémore. Comme un collectif, un club. Une bande de gosses qui nous accompagnera de temps en temps.

Quand ils en auront le temps.

À la fin des vacances, Ben et moi sommes entrés au CP.

Pendant tout le primaire, sages, appliqués, nous nous sommes maintenus dans une intimité dont les autres enfants se moquaient : « Oh les amoureux !... » Plus ils tentaient de nous assembler, plus on s'éloignait. Les maîtresses, elles, nous foutaient la paix. Suzanne et Béa avaient été claires : « Ces deux-là, vous ne les séparez jamais. » Résultat, nous étions toujours assis côte à côte en classe, main dans la main pour les sorties, ensemble pour le sport. Avec le plus grand naturel, Ben me laissait copier quand je n'avais pas révisé notre dictée. Moi, je l'aidais en calcul quand il peinait à multiplier.

Ben savait toujours ce que j'aurais du mal à assimiler. Je connaissais à l'avance les questions qu'il se poserait. Pour chaque leçon, nous anticipions besoins et difficultés. Les maîtresses étaient surprises. Ces réflexes-là, nous ne pouvions pas les expliquer.

Comme pour le reste, apprendre s'est fait dans l'unité. Séparés, les raisonnements ne nous paraissaient pas parfaits. Plus que les réponses, ce sont les questions de l'autre qui nous construisaient.

*

Dans la cour, Ben jouait avec les filles, ce que détestaient les gars qui l'entouraient. Élastique, marelle, échange d'images Panini. Il pouvait rester des heures à chanter des chansons en rond avec elles, tapant dans leurs mains pour se passer le relais : « Dans ma maison sous terrrrrre, o my way ! o my way… » Quant à moi, « garçon manqué », je m'incrustais dans les balles au prisonnier et me faisais casser la gueule à la récré.

En CE2, Bruno me donnait rendez-vous à dix heures, au moment où la cloche sonnait. Ce gars avait envie d'en découdre et s'en prenait à ma queue-de-cheval, qu'il tirait jusqu'à me faire tomber. Autour de nous, un cercle se formait. Les autres me regardaient me déchaîner. Je me jetais sur Bruno, qui me rouait de coups jusqu'à ce que quelqu'un se décide à prévenir Ben. Sûr de ma victoire, il débarquait impassible, et, par sa simple présence, m'encourageait. Il me suffisait de son regard pour prendre le dessus et que mes coups redoublent d'intensité. À cette époque, les gars de l'école ne me faisaient pas peur. C'étaient plutôt les filles qui me rebutaient.

Je méprisais leurs petites robes, leurs jupes-culottes, leurs serre-tête et les mouchoirs qu'elles avaient dans leurs poches. Je les imaginais mangeant des pommes pour le goûter tout en buvant du thé.

Surtout, je détestais leurs petits secrets. Je ne supportais pas qu'elles jouent entre elles, dans un clan fermé, rejeté dans un coin de la cour, sans jamais protester. Les rares interactions qu'elles s'offraient avec les garçons consistaient à espérer être pourchassées. « Les garçons attrapent les filles » était leur jeu favori, qui se terminait toujours en drame, chez la directrice ou à l'infirmerie. Le reste du temps, elles se racontaient leurs cours de danse, de piano ou de violoncelle, toutes ces activités que Béa m'interdisait. Leurs jeux excluaient les garçons. Et je ne comprenais aucun de leurs raisonnements.

Dans notre école, en dehors de Julie, Caroline ou Géraldine, toutes avaient un prénom composé. Anne-Maude, Anne-Sophie, Marie-Anne. Des coquetteries que je trouvais « lunaires » et « pleines de chichis ».

Ce vocabulaire, je l'ai longtemps partagé avec ma mère. Béa passait son temps à m'expliquer le ridicule de ces gamines, leur mièvrerie et la faiblesse de leur esprit. Elle disait que leur voie était toute tracée. Comme leurs mamans, elles seraient femmes au foyer, riches héritières mariées à un rentier. Elle prenait

Suzanne en exemple, me rappelait que la mère de Ben avait été élevée dans une école de filles qui apprenaient à coudre et à tenir une maison. Elle disait que Suzanne serait restée idiote si elle ne l'avait pas rencontrée.

Dans la cour de l'école, je redoutais la contagion. J'avais peur de devenir une fille, tout simplement.

*

Le discours de ma mère résonne encore dans mon insomnie.

En m'assimilant à « ces princesses pourries-gâtées », Béa m'a appris à me haïr doublement. En raison de mon sexe et en raison de ma condition. « La bourgeoisie vit d'acquis immérités, K, et parmi les nantis, les héritières sont la pire catégorie. » Toute mon enfance, ma mère aura cru plus important de dénoncer le népotisme dans lequel elle me projetait que de me prévenir du sexisme que j'aurais à affronter.

Me désignant infante d'un roi imposteur, légataire d'un père supérieur, elle m'a attribué tous les défauts et fait porter toutes les responsabilités. Et comme si ça ne suffisait pas, me reprochant la tendresse que j'avais pour Suzanne, elle a aussi fait de moi la dauphine capricieuse d'une mère révolutionnaire. À l'entendre, comme les autres descendantes de bourgeois, j'étais coupable, idiote, méchante. Nelly Olson. Je serais forcément déméritante. Mon père nous avait abandonnées depuis longtemps pourtant. Sans payer aucune pension alimentaire évidemment.

Dans cette nuit profonde où mon sein arraché pourrait faire de moi une femme à moitié, j'aimerais tellement te parler, Béa. Te dire qu'il est temps d'être critique, de savoir te remettre en question.

Se méfier de la domination de classe, connaître ses avantages : toute ma vie, je te serai reconnaissante pour cette leçon, maman. Mais, en dénigrant les filles de mon école, tu m'as initiée à une compétition sans aucun intérêt. Une tentative d'asservissement au sein de mon propre camp. Une manipulation qui essentialise et assigne dans le même mouvement. En m'imposant ta critique systématique, tu as pris le risque de faire de moi une victime aveugle de la binarité, une performatrice cruelle de la féminité. Tu t'es trompée d'opposants.

Les femmes, d'où qu'elles viennent, subissent l'ascendant des garçons, maman. Tu aurais dû me l'apprendre. Me préparer à me défendre, plutôt que de me reprocher ton propre embourgeoisement.

Heureusement, il y avait Ben. Enfants, ces différences nous dépassaient complètement. Nous nous maintenions comme un seul et même être. Ovni de l'identité sexuelle. Enfant bicéphale. Monstre qui vous parle. Indifférents aux projections de nos parents.

Ben était la seule fille que je voulais être. J'étais le seul garçon dont il aimait l'incarnation.

Pendant toute la primaire, nous sommes sortis seuls de l'école, Ben et moi. À seize heures trente, contrairement aux autres enfants, il n'y avait personne pour venir nous chercher. Je me souviens de la horde de parents ou de baby-sitters qui attendaient devant la lourde porte en bois quand la cloche sonnait. Je me rappelle avoir toujours eu l'espoir d'y apercevoir Béa ou François. Ça n'est jamais arrivé. Pas plus que Suzanne ou Xavier.

Nous n'étions pas malheureux pour autant. Ravis même de nous retrouver à deux, loin des autres élèves et du tumulte de la cour de récré. Pour le goûter, les directives de Suzanne étaient simples. Arrivés au parc, nous n'avions qu'une obligation, ne pas nous éloigner de la guérite de Chez Mémé.

Cette petite baraque, c'était notre point de repère. La vieille dame qui y travaillait nous regardait grandir sans comprendre pourquoi nous n'étions pas surveillés.

Suzanne, elle, ça lui allait : « Vous êtes ensemble. Pas besoin de baby-sitter. À dix-sept heures trente, vous rentrez ! »

Dès qu'on arrivait, on apercevait la vieille dame dans sa cahute où pendaient des balles en mousse et des raquettes en plastique. Mémé vendait aussi des bonbecs et discutait avec les nounous du quartier. Suivant ses instructions, on balançait nos cartables l'un sur l'autre, toujours du côté gauche pour ne pas gêner le passage, et on courait s'amuser.

Une fois, Ben s'était trompé de côté. Je me rappelle. Mémé avait failli se casser la figure en sortant se dégourdir les jambes. Elle s'était mise à hurler.

C'était toujours la même chose : quand l'un de nous deux se faisait gronder, c'était l'autre qui était inquiet. Quand Ben faisait une connerie, j'avais l'impression d'en porter l'entière responsabilité, j'étais coupable de ses actes. Il anticipait les fautes qu'on aurait pu me reprocher. Une culpabilité allégée parce que partagée.

Une culpabilité qui ne nous empêchait pas de monter des coups, d'avoir notre morale à nous. Souvent, je piquais des trucs dans le kiosque pendant que Ben faisait la conversation à Mémé. Fausses montres en plastique, yo-yo, bilboquets. Ben avait toujours des trucs à raconter aux vieux pour les embobiner. Un jour, il avait même demandé à Mémé pour qui elle votait. « Ben quoi ? C'est important. T'imagines si elle a voté Giscard ? » En échange, Mémé lui avait filé des bonbons. Il était clairement son préféré.

Au parc, loin des autres, on se sentait libres, Ben et moi. On pourchassait les pigeons et on se faisait bouffer du sable. Comme Ben, je pissais debout derrière les arbres. Ensemble, on s'entraînait à la corde à sauter.

Tous les jours, on inventait des histoires, on se racontait les BD qu'on lisait. En CE1, on avait commencé *Lucky Luke* et *Tintin*. On les avait piqués à Hugh qui, le week-end chez Xavier, passait des heures aux toilettes, et y laissait traîner ses lectures. Une fois, on était tombés sur un *Fluide glacial*. Mais ça, au parc, on ne l'apportait jamais.

*

C'est chez Mémé qu'on a rencontré Adèle et Hicham.

Adèle habitait à deux rues du parc, dans un appartement où plus tard nous nous rendrions quand nous serions acceptés. À cette époque, elle partageait une chambre remplie de poupées avec Margot, sa grande sœur. En face de son lit, des tonnes de Barbie.

Le père d'Adèle était psychiatre. Chaque soir, il passait comme une ombre dans leur appartement. Il s'installait dans le salon avec un journal et un whisky, muet. Il ne fallait jamais le déranger. Sa mère occupait ses journées à œuvrer pour la paroisse du quartier. Elle, en revanche, n'arrêtait pas de parler. Elle commentait la journée, les bonnes manières, la tenue de sa maison, et, de temps en temps, répétait les petits secrets qui lui avaient été confiés.

Quand nous l'avions interrogée sur le bord politique de ses parents, histoire qu'elle décline son identité, Adèle n'avait pas su quoi répondre. Nous en avions déduit qu'ils étaient de droite, « évidemment ». Je l'avais plainte : « Des RPR. Ça doit pas être marrant. » Je ne m'étais pas trompée.

On aimait bien Adèle et sa sœur, Ben et moi. Chaque fois qu'elles venaient au parc, leur mère nous apportait un goûter. Adèle et Margot nous retrouvaient le mardi uniquement. Le reste de la semaine, elles avaient solfège, harpe ou « caté ». Ben et moi n'avions aucune idée de ce que c'était.

Hicham, lui, était inscrit dans l'école privée d'à côté. Oreilles décollées, mots en mitraille, il était effacé et profond, ailleurs et incarné. Yeux ronds comme des billes, il avait l'air innocent.

Nous n'avons jamais rencontré le père d'Hicham. Aux dires de son fils, il était prof de français. Quand Hicham en parlait, il donnait l'impression de réciter une leçon.

Sa mère, elle, était DRH dans une entreprise dont Hicham ne connaissait pas le nom. Elle se méfiait de son enfant, le trouvait très turbulent. Ben et moi, on était sûrs qu'elle aussi était chiraquienne.

Surveillé par une baby-sitter qui changeait toutes les semaines, Hicham nous a plu immédiatement. Il tranchait avec les brutes de notre école. Je crois que Ben et moi sommes tombés amoureux de lui en même temps.

*

Adèle et Hicham ont été nos premiers copains. Pour eux, nous étions complémentaires, parfois opposés. Quand Ben était doux, j'étais éruptive. Quand Ben était survolté, je redevenais tendre. Pour tous, nous étions le soleil et la lune, chien et chat, les deux pôles d'une même unité.

Quand j'y pense, personne ne devait comprendre ce qui nous liait si fort, Ben et moi. Les autres enfants nous trouvaient sympas mais il y avait quelque chose qu'ils ne saisissaient pas.

À l'école, on arrivait ensemble, on s'asseyait ensemble, on récitait ensemble, on repartait ensemble. Et la plupart du temps, Suzanne nous y envoyait dans le même accoutrement. Côte à côte, main dans la main, ou pas.

Pour nous c'était simple. Nous n'avions qu'un corps, une même existence. La main de Ben était la mienne. Mon pied était le sien. Sa tristesse me dévastait et ma douleur le faisait pleurer. Sa joie me faisait éclater de rire et mon bonheur le surexcitait. À cet âge, c'est vivre seul qui nous paraissait triste. Quand les adultes s'interrogeaient sur l'absence de nos parents, nous, c'était plutôt sur les enfants uniques qu'on se posait des questions.

Grandir à deux donne confiance. On partage tout, sans craindre le manque. Quand l'un défaille, l'autre prend le relais. Quand le second se perd, le premier l'aide à se retrouver. Seule désormais, j'en fais le décompte. À deux, fille et garçon, j'étais au complet.

Trois heures trente à l'hôpital. Je suis au parc, à l'école. Tu es là, Ben. En moi. Je me bats. Tu cours. Tu viens. Tu souris. Hors de toi. Tu me regardes. Tes yeux me portent. Comme dans la cour de récré.

Quand on quittait le parc, on rentrait faire nos devoirs.

Dix minutes après avoir révisé, nous nous écroulions devant la télé. *Récré A2* nous ennuyait. Casimir, le monstre gentil, nous semblait ridicule. L'île aux enfants une prison. Le village dans les nuages, sans intérêt. Nous préférions de loin nous abreuver des westerns que, certains week-ends, on regardait chez Xavier. « Un colt, des filles, un whisky, et tous au saloon ! Rien de mieux qu'un bon western, mon vieux Ben. » Contrairement à Béa qui pourfendait la conquête de l'Ouest et l'asservissement des Indiens colonisés, ton père avait fait des westerns ses films préférés. J'adorais les regarder avec Hugh, tous les trois installés sur le canapé.

Combien de fois avons-nous maté *Rio Bravo*, tu crois ? Tu te souviens de Stumpy, ce vieil alcoolique qui nous faisait rire et pleurer ?

À cet âge-là, ce que nous préférions, Ben et moi, c'était danser. Depuis l'élection de Mitterrand et le rassemblement place de la Bastille, nous nous trémoussions chaque soir dans le salon de Suzanne. Nous avions décidé d'apprendre le rock comme mes parents.

Nos débuts n'ont pas été faciles. Le soir du 10 mai, quand il nous avait vus tenter de les imiter, mon père s'était énervé : « Non mais regardez-les ! C'est pas comme ça que vous allez y arriver... » François nous avait ordonné de nous arrêter et avait montré à Ben les différents mouvements qu'un garçon devait connaître pour diriger sa cavalière. Mon père, en bon fils de famille, avait été instruit par ses parents, qui aspiraient à l'envoyer dans « les rallyes de la bonne société ». Il estimait, lui aussi, que la danse devait s'apprendre de manière disciplinée : le tempo du coude, tendu et replié, les pas. Avancer, reculer. « Je te conseille de t'entraîner, Ben, si tu veux te trouver une Pépée. »

Le soir après l'école, c'était moi qui guidais Ben : « Je fais le garçon et t'es la fille. C'est moi qui conduis. » Face à face, nous tentions de nous maintenir sur la même ligne, très concentrés. Je faisais tourner Ben ou l'invitais à lever les bras au-dessus de nos têtes pour ensuite les faire glisser. Je respectais chacune des directives techniques que François lui avait données.

Rarement lâcher la main de son partenaire, systématiquement la retrouver. Toujours la même. La droite. La gauche étant libérée.

Notre goût pour la danse a atteint des sommets quand Suzanne nous a montré *Grease* à la télé. À partir de là, dans le secret de l'appartement du quatrième, quand nos mères ne nous voyaient pas, Ben et moi avons passé nos soirées à gigoter en parallèle, coudes repliés, mains balancées vers les côtés. Plus petit que moi, Ben me sautait dans les bras et j'exécutais tous les portés.

Toute notre enfance, je t'ai vu tournoyer sur toi-même, Ben. Tu tentais un saut et je te rattrapais. Je te lançais une main et tu te laissais entraîner. Peu importaient les conseils de mon père. J'étais Travolta et Newton-John, c'était toi.

*

Après nos chorés quotidiennes, nous dînions tous les deux dans la cuisine. Chacun préparait son surgelé. Ben préférait les poissons panés. Moi, je me gardais toujours les crêpes au fromage, sans jambon depuis que mon père m'avait expliqué que la viande était de la chair tuée. Nous nous partagions aussi des pommes noisette toutes cramées. Suzanne nous avait appris à les faire cuire dans des litres d'huile Tournesol. J'entends encore le bruit du gras qui crépitait dans la poêle. Impossible d'éviter les projections, on ne manquait jamais de se brûler. On avait beau s'appliquer, l'extérieur était toujours carbonisé quand l'intérieur restait glacé.

À vingt-deux heures, nous allions nous coucher. L'un contre l'autre sur les matelas que Suzanne avait installés pour nous par terre. Nous chuchotions pendant des heures. Caresses de Ben sur mon œil droit, du bout des doigts.

Loin des autres enfants, nous nous vivions adultes, Ben et moi. Par notre langage, par nos jeux, nous faisions de la réalité un univers étranger. Pas besoin de parents pour nous sentir aimés. Nous étions aveugles aux méchants et sourds au danger. Peuple unique d'une planète sans assignations. Le monde n'était pas le monde. Ensemble, nous construisions un palais qui n'avait qu'un roi et une reine pour sujets.

Régner seul n'aurait eu aucun intérêt.

Notre royaume s'étendait jusqu'au poney-club.

Toussaint, hiver ou Pâques, nos parents nous y envoyaient avec Hugh à toutes les vacances. En colo. Là-bas, plus qu'à l'école, nous pouvions être à deux sans susciter de curiosité. Bottes et culottes de cheval, bombe sur la tête, nous nous habillions pareil sans qu'aucun enfant le fasse remarquer.

Je me souviens de notre premier séjour à Marly.

Chouchou de Fabienne, la mono, Ben était toujours choisi pour régler l'allure de nos poneys. Dans la carrière, dans le manège, il montait Nougat ou Falbala. En rond, en rectangle, en ovale, en carré, je le suivais. À chaque reprise, une herbe dans la bouche, je l'entendais fredonner : « *I'm a poor lonesome cowboy...* » Et, dans les écuries, nos westerns se prolongeaient.

Une nuit, nous y avions dormi, nos têtes posées sur le ventre d'Oniris, notre shetland préféré. Ce soir-là, nous avions échappé aux dortoirs. On avait craint de se faire coincer par le dirlo mais personne n'avait remarqué qu'on avait déserté. Ben était fier qu'Oniris nous ait admis. La chaleur du ventre de cette jument. Son long souffle. Le soulèvement de ses flancs au rythme de nos respirations. Et ces moments de calme. Ces instants de relâchement où l'on se retrouvait ensemble, Ben et moi.

Couchés sur le foin, on restait dans le silence. On ne se parlait pas. Caresses de Ben sur mon œil droit, du bout des doigts.

C'est dans cette chaleur qu'on s'est embrassés pour la première fois. À sept ou huit ans, on s'est embrassés comme au cinéma. Premier baiser, auquel on n'avait pas pensé. Premier baiser, contraint par Hugh qui nous avait provoqués : « Vous vous êtes déjà roulé une pelle, tous les deux ? Vous êtes pas des bébés ! » Avec la fille qu'il fréquentait, Hugh avait cru bon de nous montrer comment on faisait.

Dans les stalles, près d'Oniris, il attendait : « Allez les petits, on se décontracte... » Ben s'était levé et s'était mis à danser : « On essaye, K ? » Il m'avait tendu la main et m'avait invitée à une nouvelle choré. S'embrasser comme des danseurs, ça lui avait sans doute paru plus rassurant, mieux connu, moins étranger. Là, sous le regard de Hugh et au milieu des chevaux, Ben m'avait prise dans ses bras, comme les grandes personnes.

Premier baiser. Je n'ai jamais su s'il avait aimé. Premier baiser. Je ne pensais pas qu'aujourd'hui encore je m'en souviendrais.

C'est étrange comme les significations se donnent. Une bouche sur une bouche et hop on est un couple ! C'est marrant comme les gens se comportent comme des moutons. Une langue avec une langue et hop on est grands ! Au poney-club, ce baiser avait fait de nous des amoureux. Hugh n'arrêtait pas d'en parler. Mais pour nous, rien du tout. Pour Ben, comme pour moi, ce baiser n'a jamais rien signifié. Sa peau, la mienne. Ses lèvres, les miennes. Les sexualiser n'avait aucun intérêt.

Au contraire, joindre nos lèvres, c'était nous diviser.

II

Division

J'entends une voix au-dessus de moi : « Je viens prendre vos constantes, madame. »

Les tiennes ou les miennes, tu crois ?

Qui pourrait se soucier de ça désormais ?

Respiration, pouls, pression artérielle, température corporelle, saturation du sang en oxygène. T'en es où toi, Ben ? Qu'est-ce que tu as foutu en l'air en premier ?

« Ça va, madame ? »

Constantes. Score d'Apgar. Mesures de la vitalité du nouveau-né. Rythme cardiaque, rythme respiratoire, calculés quatre fois. Une minute, trois minutes, cinq minutes, dix minutes après la naissance, histoire de savoir qui survivra à tout ça. Tu dirais quoi, toi ?

J'ouvre les yeux.

Malgré le flou qui me parcourt, j'aperçois une poche suspendue à mon torse. Un drain plein de fluides qui s'échappent de mon corps.

« Madame ? »

Je me demande. Ce sang, est-ce le tien ou le mien ? Je confonds les présences. Cette infirmière, on dirait ma mère. Je ne sais pas à qui répondre.

Chut ! Tais-toi, K ! Une fille ne dit ni la peur, ni le mal.

Chut ! Tais-toi !

J'entends ma mère.

Sois forte, K !

M'extirpant du sommeil, ma mémoire me canarde.

Elle me pilonne comme une arme.

Bang ! Je dois avoir dix ans. Béa appelle son pote pédiatre, un gars de 68 qui écrit des livres. Pour une fois à la maison, elle découvre mon linge sale : « Dis donc, K, tu as un petit copain ou quoi ? Pourquoi elles sont jaunes tes culottes ? » Au téléphone, le pédiatre rit : « Telle mère, telle fille ! Je lui fais une prescription pour un prélèvement. »

Je regarde l'infirmière.

Bang ! La main dans celle d'une baby-sitter que Béa a dégottée pour l'occasion, je prends le chemin du laboratoire. Dans la salle d'attente, je suis tranquille. J'ai l'habitude d'aller chez le pédiatre avec Suzanne. Je passe toujours avant Ben. Ça le rassure. Il déteste les vaccins et c'est moi qui le calme. Mon corps, le sien, c'est pareil. La douleur, c'est moi qui l'accueille.

Ensuite, Ben n'a plus qu'à faire pareil. Le rituel est toujours le même. Monter en premier sur la table d'auscultation. Découvrir mon épaule. Attendre que le pédiatre désinfecte. Écouter son bruit de moustique pour me prévenir qu'il pique. Ne pas bouger. Ne jamais montrer à Ben la peur, le mal.

« Madame ? »

Bang ! Au laboratoire, c'est une dame qui m'appelle : « Madame ? » Regard surpris devant mon jeune âge. Je monte sur la table. J'essaye de faire ce qu'elle me dit. « Pieds dans les étriers, s'il te plaît. » Qu'est-ce que c'est ? « Mets tes pieds dans les deux trous, là. » Jambes trop courtes. Il va falloir inventer. La dame a l'air énervée. « Genoux pliés, talons aux fesses, bah faut enlever ta culotte. » Elle m'engueule à moitié : « Mais enfin, elle a quel âge ? » Je regarde la baby-sitter. Je ne comprends pas ce que dit cette dame. Je supplie. Je veux partir. Rejoindre Ben. Attendre qu'il vienne.

« Madame ? »

Bang ! Enlever ma culotte ? Aucun médecin ne me l'a jamais demandé. Cette dame, que je ne connais pas, et cette baby-sitter qui me voit comme ça. Leurs regards, leurs yeux entre mes cuisses. Mon sexe de gamine. Mon intimité de petite fille qu'une femme va docilement, chirurgicalement, violer. Je pense à Ben. Moi d'accord, mais lui, jamais ! Il ne supporterait pas. Il pleurerait. Chut ! Tais-toi ! Ne lui dis pas. Ni la peur, ni le mal. Sois forte, K !

« Genoux pliés, talons aux fesses… Détends-toi. On ne va quand même pas y passer la journée ! » Genoux pliés, talons aux fesses, je me mets à trembler. « Ne crie pas ! » Spéculum, dix ans, brossette, dix ans. Au fond de mon vagin, jusqu'au col de mon utérus de bébé ? Dix ans. En un brusque mouvement, mon corps se soulève. En un sursaut, je recule les fesses, je hurle. Cette douleur d'entaille, cette douleur de lame. Et le temps qui ne s'écoule pas. La baby-sitter, à côté de moi, me parle. La baby-sitter, à côté de moi, me tient pour que je ne bouge pas. Elle aussi se fait engueuler : « Tenez-la, m'enfin ! Tenez-la ! Il va falloir recommencer. » La baby-sitter, allongée sur moi, maintient mon buste, retient mes mains. La baby-sitter, rouge de colère, s'excuse et me promet que ça va bientôt passer.

« Madame ? Vous avez mal ? Sur une échelle de 1 à 10, vous sauriez me dire… ? »

Bang ! Je rentre à la maison. J'y retrouve ma mère. Béa est en grande discussion au téléphone, d'un regard elle m'ordonne de m'asseoir sur le canapé : « J'ai le pédiatre en ligne, il paraît que tu étais très agitée. » C'est là que je me bloque. Je me glace, me paralyse. Je réalise. Mon corps, hors celui de Ben. Notre corps divisé. Naissance du danger.

Je retrouve ma mère, qui ne se souvient pas qu'à dix ans, bourgeoise ou pas, on pisse dans sa culotte parfois. Fille, ou bien gars.

Je retrouve ma mère, qui ne m'a pas accompagnée. C'est là que le sang se déverse, pantalon trempé. Et ma mère qui me regarde. Mon visage, mon sexe, mon visage, mon sexe. Dix ans. Béa reprend le combiné : « Raoul, tu penses qu'ils pourraient l'avoir déflorée ? » Béa me sourit. « Bon ben comme ça, ce s'ra fait. »

Silence. Ne dire ni la peur, ni le mal.

Je referme les yeux.

Sois forte, K !

Et toi, Ben, la peur, le mal, tu en as fait quoi ?

*

Sur les murs de ma chambre, un poster. S'y affiche le cycle des cellules eucaryotes. « Passé l'interphase, vient la mitose. » Des ronds bleus, des ronds rouges. Des cercles qui s'entrecroisent, s'absorbent. Je fronce les yeux pour mieux voir. Je ferme l'œil droit. « Au cours d'un cycle cellulaire normal, la cellule mère laisse place à deux cellules identiques. »

Identiques ?

L'infirmière insiste : « Madame, ouvrez les yeux, regardez-moi. »

La voix de ma mère prend le relais : « Garçon et

fille, ça n'existe pas, K. » Je soupire. Je pense : Faudrait savoir.

« Ouvrez les yeux, madame. »

Dans ma transe, mère et infirmière se répondent. À la faveur des contradictions de Béa, égalité et identité se confondent. « Garçon et fille, ça n'existe pas, K. » Ma mère m'infirme. Elle m'annule. « Garçon et fille, c'est la même chose. Les filles n'ont d'intérêt que si elles sont des gars. »

« Madame, vous avez mal ? »

« Reprends-toi, K. Tu vas vraiment te comporter comme une victime toute ta vie ? Regarde Ben : est-ce qu'il fait ça, lui ? Être une femme, d'accord ma cocotte, mais à condition d'en tirer force et courage. Suzanne et moi, on n'a pas gagné le droit à la pilule, à l'avortement, pour que les pleureuses de ton âge passent leur temps à se plaindre de tout et n'importe quoi ! Se faire avorter, ça ça faisait mal. Alors ton sein, ton vagin, ça va... On est toutes passées par là. »

« Madame ? Vous avez mal ? »

Béa hurle : « Méfie-toi des femmes, K ! Elles sont nombreuses à préférer rester dominées. Si ça continue, c'est elles qui feront tout foirer. »

Équation partielle, prophétie d'une grande perversité. Je me tais.

Je ne comprends rien.

Dix ans. Mon vagin.

Cinquante ans. Mon sein.

Bang, bang !

Chut, tais-toi !
Ni la peur, ni le mal.
Sois forte, K !
Ben s'en fout de ces histoires-là.

Longtemps, je l'ai pensé : je suis une femme, et c'est pour ça que ma mère me hait.

*

« Madame. Vous êtes où, là ? Ça va ? »
Chut !

Ces moments avec ma mère, je les ai longtemps perdus. Ces moments sans Ben n'ont aucune réalité. Avec sa mort, ils reviennent. Maintenant que je n'ai plus droit à ce réflexe naturel, qu'il m'est impossible de déplacer mes souvenirs hors de moi-même, mon cerveau les réintègre.

Ta mort, Ben, m'oblige à me rappeler les fois avec Béa où tu n'étais pas là. Ta mort m'impose de me souvenir de la violence de ma mère et de ses effractions perverses. Celles que je t'ai racontées et celles que tu ne sais pas.

« Je reviens vous voir. »
L'infirmière ressort. Elle me laisse à moi-même.
À toi.

Pour notre entrée en sixième, nous sommes arrivés dépareillés dans la cour du collège. Ben portait un jean bleu et un tee-shirt gris Fruit of the Loom que Xavier lui avait acheté. Moi, j'étais en salopette avec un tee-shirt rayé. Comme sur les murs de l'école, les listes étaient affichées. C'est Ben qui était allé regarder en premier. Il était revenu satisfait : « On est ensemble, K. Ça va. » Avec nous, il y avait aussi Adèle et Hicham.

L'été qui avait précédé nos retrouvailles, nos parents nous avaient séparés. Béa avait voulu que je l'accompagne chez un amant banquier, un père esseulé. J'avais passé mes vacances près de La Rochelle, avec pour mission d'amuser une enfant de sept ans.

Chaque jour, après le petit déjeuner, je m'étais assise à la grande table ronde de la cuisine avec Gabrielle et lui avais fait colorier, découper, coller les activités de son cahier d'été.

Au début, la petite m'avait incitée à poursuivre les aventures des personnages de ses dessins animés préférés. J'avais été Candy pleurant seule dans son orphelinat dans l'attente d'une famille qui l'adopterait. Ensuite, j'avais incarné Heidi, dévote d'un grand-père ronchon et d'une cousine handicapée qui jamais ne remarcherait. Gabrielle m'avait aussi fait découvrir la Belle au bois dormant, Cendrillon, Blanche-Neige, Peau d'Âne. Nous avions été tour à tour chacune de ces jeunes filles, malmenées, transformées, pourchassées. Aimées parce que abandonnées. Loin des héros de western auxquels je m'identifiais.

J'avais d'abord détesté jouer à la poupée. Dans les histoires de Gabrielle, les Barbie devaient être habillées, maquillées, les plus belles pour aller danser. La poupée tenait tous les rôles : elle gueulait sur ses enfants pour qu'ils soient à l'heure à l'école, elle soignait leurs bobos, leur préparait à manger. Elle discutait avec ses copines de recettes de cuisine, ou de la maîtresse qui donnait trop de devoirs au petit dernier. Ennuyée mais obligée, j'accompagnais Gabrielle en digne baby-sitter que j'étais.

Je m'étais prise au jeu quand la petite avait sorti Ken de son coffre à jouets. À partir de ce duo, mes récits s'étaient imposés. Barbie et Ken discutant politique à un dîner, Barbie et Ken en vacances en train de picoler, Barbie et Ken dansant un rock endiablé. Chaque jour, Barbie retrouvait Ken. Gabrielle était fascinée.

Pendant ces vacances, Béa et son banquier étaient restés de leur côté. Cette année-là, ma mère se la jouait féminine, apprêtée. Transformée. Chaque matin, elle traversait la cuisine, pieds nus, légère dans une petite robe blanche transparente. Elle se servait un café et repartait retrouver son banquier. Au déjeuner, les deux amants nous rejoignaient, mangeaient un demi-melon au jambon, puis chacun vaquait à ses occupations. Le banquier passait son après-midi à parler fort au téléphone, poursuivant des conversations dans un franglais absurdement compliqué. Quant à Béa, elle s'allongeait sur une chaise longue et dévorait les tomes de *La Bicyclette bleue*, « très bonne littérature de vacances ! » qu'elle me mettait de côté : « Faut que tu lises ça, K. C'est initiatique. À ton âge, j'aurais adoré. » Quand elle en avait assez, elle refermait son livre, me parlait politique ou rigolait avec moi de son banquier : « Je ne te cache pas qu'on baise beaucoup. Rien de pire qu'un type qui ne vous baise pas. Mais quel bonnet de nuit ! Quel conformisme ! Les mecs, vraiment, K, faut se les fader… » J'adorais que ma mère fasse de moi sa confidente. Je me sentais grandie, choisie, intelligente. À rire avec elle, je me sentais puissante. La connivence avec cette femme aux longues boucles brunes que désormais elle attachait puis détachait, l'attention de cette femme à la peau d'abricot dès les premiers rayons de l'été, pour la première fois, m'étaient adressées. J'existais.

Ben, lui, avait suivi Xavier, Elizabeth et Hugh à Cadaqués, comme chaque été. Pendant deux mois, les garçons avaient vécu au rythme de leurs parents. Petit déjeuner, journal, long monologue de Xavier qui leur expliquait l'intelligentsia parisienne, ses cercles et ses inimitiés. Le père de Ben connaissait toutes les nuances de Saint-Germain-des-Prés. Qui était le traître de qui, qui avait quels intérêts. Depuis qu'ils étaient revenus des États-Unis, Xavier et Elizabeth n'avaient de cesse d'intégrer les réseaux d'intellos qui rôdaient autour du pouvoir sans l'exercer. De dîners mondains en sectes de privilégiés, romancière et philosophe s'étaient très bien adaptés.

Après avoir écouté Xavier, les garçons allaient à la plage, où ils retrouvaient leur bande de potes. Planche à voile, ski nautique, natation, ils restaient dans l'eau jusqu'à l'heure du déjeuner. Pour la sieste, Xavier leur imposait de lire. Ben avait commencé par *Les Misérables* quand Hugh avait opté pour *Moby Dick*. Plus tard, ils échangeraient.

Certains après-midi, les garçons avaient le droit de regarder un film. Le préféré de Ben, c'était *La Guerre des boutons*. Il se le passait en boucle, mimant chaque fois ses scènes de prédilection. Après cela, Ben et Hugh prenaient un cours de tennis, puis partaient dans les collines de Cadaqués pour quelques rites initiatiques. Là, Hugh prenait Ben à témoin de toutes sortes d'expériences adolescentes. Un jour, notre « beau-frère », devant Ben, avait tenté de s'insérer un tampon dans les fesses, « sans crème ! Juste pour voir ce que ça faisait ». Ben paraissait encore amusé quand il me l'avait raconté. Je n'avais rien dit, mais je l'enviais. Ce temps que Hugh lui consacrait, leur intimité, je rageais de ne pas y être associée.

À Cadaqués, Hugh apprenait aussi à Ben le look qu'il lui faudrait endosser au collège. Il le prévenait du ridicule contre lequel il lui faudrait lutter. Assis sous les arbres, Hugh développait de longues théories sur les profs, les filles « qui se la pétaient ».

Pendant ces deux mois, nous n'avions pas beaucoup échangé, Ben et moi. Le langage entre nous n'avait jamais été postal. Nous étions mal habitués. Pour toute missive, je m'étais contentée de surligner aux Stabilo jaune et rose quelques articles sur Renaud, parus en juillet. Cette année-là, après Balavoine, c'était Coluche qui était mort. Renaud avait chanté « Putain de camion » aux Francofolies de La Rochelle. Béa m'y avait emmenée. J'avais pleuré en écoutant les paroles de la chanson. Au milieu de l'été, j'avais envoyé les photos du concert à Ben, convaincue qu'il me comprendrait. Quelques jours plus tard, il m'avait répondu par un mot déchirant, une oraison funèbre, une ode à l'amitié. Dans l'enveloppe, Ben avait ajouté la photo de notre chêne.

À son dos, un arc-en-ciel.

*

Sur le mur de ma chambre, les images se détachent. Écorces lisses ou crevassées. Boutures et pousses. Bourgeons et nervures. Ensemble dans le sol. Lentement divisés. Suivant le mouvement des cellules en réplique, les lianes s'entortillent. En haut des montagnes. Leur énergie arrive jusque dans mon lit. Dans le flou de cette danse, je discerne Ben marchant vers moi le premier jour de sixième.

Deux mois sans se voir. Dans ce nouveau collège beaucoup plus grand que notre école, il m'avait paru métamorphosé. J'avais mis quelques secondes à le reconnaître. Comme si je le regardais de l'extérieur désormais. Son charme en plein visage. La couleur de sa peau, ses dents, sa nouvelle coupe de cheveux, sa démarche. Ben était beau. Il dégageait une sensation de fraîcheur. Un sentiment de nouveauté.

Son sac US. Les chewing-gums à la cannelle, commandés pour moi auprès de Xavier qui, de temps en temps, retournait aux USA : « Tu es tout le temps en train de mâcher, K. Alors je te les ai gardés. »

J'avais pris les chewing-gums. « Tu m'as super manqué. »

J'avais eu envie de prendre sa main. Sentir la texture de sa peau, ses doigts entre les miens. Ben et sa douceur, sa gentillesse. La lumière de Ben, son rire. Tout ça, au collège, comme en un réflexe, je me l'interdisais. Nouvelle règle implicite, pas besoin de mots : pour Ben, comme pour moi, devant les autres, à onze ans, il ne faudrait plus se toucher. « Alors elle était comment, la fille du banquier ? Pas trop une bouffonne ? » J'avais souri : « Une débile, laisse tomber. Et le père, si t'avais vu ! Un gros RPR ! Avec Béa, ils nous ont vachement énervées. »

De ce premier jour de collège, me revient un mélange de plaisir et de gêne. De mensonge et de vérité. Je nous revois Ben et moi, comme de vieux amants qui se retrouvent après plusieurs années sans savoir si le temps aura préservé leur intimité.

Pour la première fois, sans savoir pourquoi, chacun de nous était intimidé.

*

Nous étions tous en 6e 3.

Chaque mardi matin, notre classe allait à la piscine. En rang par deux, avec les autres élèves, Ben et moi nous rendions dans une cité sportive qui puait le chlore et la vieille chaussette mal lavée. Comme Adèle, je détestais cette ambiance de vestiaire où l'on se déshabillait complètement gelées. Je redoutais d'avoir à mettre mon bonnet, ce vieux truc en plastique qui vous arrache les cheveux et vous donne l'air d'un bébé tout fripé. Je refusais surtout que, en dehors de Ben, on puisse me dépasser.

Nous avions appris à nager vers quatre ans, Ben et moi. À cette époque, mon père s'amusait déjà à me noyer. L'été de nos trois ans, il m'avait balancée dans la mer sans bouées. « Pour tester ses réflexes. Vous inquiétez pas, les bébés savent nager. » Suzanne m'avait récupérée suffocante et Ben s'était caché derrière elle de peur, lui aussi, d'être coulé.

Après cet épisode, Suzanne avait décidé de nous emmener à la piscine chaque semaine. Sous la tour Montparnasse, à l'heure des petits, elle nous laissait à un maître-nageur chargé de nous mettre à l'eau sans nous terroriser.

Contre toute attente, à la piscine, notre premier réflexe avait été d'imiter mon père. Enfoncés dans des bouées de polystyrène aux larges rebords, Ben et moi nous coulions dans une vie d'ordres donnés, de directives imposées. Assis droits comme des i, jambes pédalant dans l'eau, nous faisions semblant de lire ou d'écrire, le tout en gueulant sur une personne imaginaire. L'un répondant au téléphone, l'autre dictant des notes. L'un tapant à la machine, l'autre exigeant un café. Absorbés par nos scénarios d'autorité, nous faisions des tours de petit bassin, côte à côte, sous le regard du maître-nageur interloqué. La domination comme illusion de survie en milieu hostile. La violence des mots pour contrer nos peurs. Le despotisme comme système de flottaison. Mon père, tout craché.

Un peu plus tard, Suzanne nous avait acheté des brassards et nous nous étions mis à nager l'un derrière l'autre, Ben accroché à mes pieds.

Je te revois, Ben. Depuis toujours, plusieurs fois dans la journée, m'apparaît cette image de toi sortant de l'eau, cheveux en arrière plaqués, bouche entrouverte, l'air lumineux.

Dix ans plus tard, tu continuais de rayonner.

En sixième, nous étions imbattables à toutes les nages. Brasse, crawl, papillon, Adèle avait beau nous coller au train, elle n'arrivait jamais à atteindre le bord avant nous. Au plongeon, c'était la même chose. Marc, le prof de sport, avait fini par nous autoriser à monter à cinq mètres. C'est comme ça que j'ai appris à plonger en arrière sous les yeux de Ben, fier comme s'il avait plongé lui-même.

*

Cette année-là, nous nous étions passionnés pour les cours de Madame D., la prof de français. Ben avait été bouleversé par la lecture de Kessel. Le soir, il lisait et relisait *Le Lion* sans me parler. Puis, de temps en temps, il jaillissait du canapé et me soumettait ses rages et ses questions : « Patricia, la petite fille, et King, le lionceau, s'aiment comme des frères et sœurs, tu crois pas ? C'est pas une histoire d'espèces, ça... », « Pourquoi le père de Patricia a tué le lion, ce con ?! ». Ben se mettait en colère. Le lendemain, madame D. l'aidait à se calmer et le félicitait pour sa sensibilité.

Entre les cours, elle nous avait aussi conseillé de lire Emily Brontë. Plus tard. Quand on aurait l'âge de l'aborder. Madame D. nous avait expliqué « Ellis Bell », ce pseudonyme pour cacher qu'elle était une femme et pouvoir être publiée. Se dire homme pour survivre femme. Confondre les genres pour l'emporter. Ben avait pris les devants : « C'est vraiment débile cette histoire. Si tu veux écrire, tu pourras prendre mon nom, K. Aucun problème. » Madame D. nous avait surtout raconté l'amour entre Heathcliff et Cathy. Ces frère et sœur au-delà du sang, ces enfants qui s'aimaient. L'injustice des origines, la cruauté des dominants. La bourgeoisie qui détruit l'amitié. Ben et moi, nous nous étions promis de lire *Les Hauts de Hurlevent*, ensemble, quand il serait temps.

Je repense à la sixième, Ben. À nos premières divisions, comme à nos moments d'unité. Je repense à nos lectures. À madame D., qui avait compris que seule la fiction maintiendrait notre complicité quand chacun de nous partirait de son côté.

Tu ne me croiras pas, Ben. Je l'ai croisée dans la salle d'attente, il y a quelques semaines. Madame D. était là quand mon opération a été confirmée. Ses cheveux qu'elle colore encore, son corps étroit, la douceur de son regard. Sans toi, je n'ai pas su la reconnaître. Alors c'est elle qui s'est avancée : « K, j'ai entendu votre nom. C'est bien vous ?... J'ai tellement pensé à vous toutes ces années. Comment va Ben ? Qu'êtes-vous devenus tous les deux depuis la sixième ? »

Je m'en suis remise à la littérature, Ben. Ça m'a aidée. J'ai commencé par Alexandre Dumas. Je lui ai raconté ta passion pour Athos. Je suis passée rapidement sur les grands classiques qui te saoulaient, rassure-toi. Ensuite, je lui ai parlé de tes écrivains américains, et j'ai récité Bouvier : « L'enfance est un état de convoitise et de peur où tout ce qui arrive pour la première fois, cadeau ou blessure, laisse une marque indélébile. »

Ça m'a permis de te dire, Ben.
Sans nous trahir, mais pas sans pleurer.

Au collège, j'ai vu Ben se transformer à la vitesse du personnage d'*Il était une fois... la vie*. Par sa stature, son caractère, il a pris une dimension qui m'a enthousiasmée. Complice, embarquée, je me suis réfugiée dans la construction de son être, j'ai voué un culte à sa lumière. Celle qui, moi aussi, m'éclairait.

En classe, Ben était gai, joueur, intelligent. Il faisait des blagues aux profs, attirait leur attention. J'admirais sa capacité d'analyse, sa distance face aux adultes, son amusement. Ben ne redoutait rien, ni personne. Et surtout pas notre prof de maths, monsieur L., à la réputation de tyran.

D'emblée, Ben l'a admiré. Monsieur L., qui ne supportait ni la bêtise ni la lenteur des adolescents. Monsieur L., qui hurlait, humiliait, s'approchait de vous comme s'il allait vous taper. Monsieur L., terreur d'Adèle et Hicham, bonheur de Ben.

Le premier jour, monsieur L. avait imposé un test,

un énoncé sans queue ni tête, à ses élèves : « La classe compte 36 enfants. Tous sont nés en 1975. Quel est l'âge de la maîtresse ? » Hicham et Adèle avaient trouvé une réponse, on ne sait pas comment. Moi, j'avais rendu copie blanche, désespérée. Ben, lui, avait été le seul à rigoler de la « perversité de ce prof complètement cinglé ». Sur la feuille qu'il lui avait remise il avait écrit : « L'âge de la maîtresse, c'est votre problème, monsieur L. Mais vous, vous me faites bien marrer ! » En sortant de classe, il était sûr de lui : « Ce type est un génie ! » Il m'encourageait : « Ben alors, K ! Faut pas se laisser impressionner comme ça. Il va pas t'bouffer, tu sais. »

Le ton qu'il prenait... On aurait dit Xavier.

*

À partir de la sixième, Ben a vécu chez son père, une semaine sur deux. Heureux d'y retrouver son « frère », inscrit en seconde au lycée d'à côté. Je les y rejoignais le week-end, quand, sous la pression des garçons, Xavier acceptait de m'inviter.

À chaque retour à la maison, nous nous repassions la musique que Hugh nous avait fait écouter. Du ska. Les Bérus. À cette époque, le punk soutenait le style que Ben et son « frère » entendaient se donner. Chacun avait sa période : Washington Dead Cats, Madness, La Marabunta, Parabellum, les Thugs... Avec Hugh, nous vénérions *Concerto pour détraqués* : « La bible, K. Écoute-moi ça... » Les garçons m'enseignaient aussi Ludwig von 88 et La Souris Déglinguée. En sixième déjà, Ben changeait de vocabulaire, loin de notre langage habituel. Il employait des expressions de son « frère » et balançait sans arrêt des mots en anglais : « *Boys don't cry, K !* »

Moi, Converse rouges aux pieds, petit jean serré aux ourlets travaillés, bomber surmonté d'une coque que je passais des heures à fixer à coups de barrettes et de cheveux crêpés, je préférais « One Step Beyond », ou le reggae.

*

Pendant leur semaine ensemble, Hugh emmenait Ben faire du roller. « Sous la tour Montparnasse. Tu verrais ce sol, K... T'as l'impression de voler. » Ben me racontait ces types qui roulaient à toute vitesse en faisant des saltos sur le parvis de la gare. Des « sosies de Jimi Hendrix », bandeau en mousse et jean troué. « Les mecs sont des vrais pros. C'est pas notre place de débutants. Faut avoir le niveau ! »

Deux ans auparavant, Ben et moi avions pris l'habitude de patiner après l'école. Les devoirs terminés, nous passions chez François, qui avait fui la rue Boissonade et emménagé rue Cassette, retirer nos pompes et avant de s'élancer sur la place de la fontaine, près de chez lui.

Là, dès que nous arrivions, nous entamions notre chorégraphie préférée. Un duetto que j'avais préparé. D'abord, j'entonnais une chanson. Ensuite, nous nous mettions à tourner en sens contraire autour de la cascade. Le jeu était simple : nos allures devaient coller aux paroles qu'en yaourt on hurlait. Quand on se croisait, on se tapait dans la main, sur la même syllabe.

And when the rain begins to fall
You'll ride my rainbow in the sky.

Check.

And I will catch you if you fall
You'll never have to ask me why.

Check.

À neuf ans, Ben était ma doublure, ma symétrie, mon harmonie. Avec lui, je prenais place. Avec moi, il imposait son mouvement.

Même rythme, même hymne, même check.

Nous patinions ensemble et seuls, à l'unisson.

Sur la place de la fontaine, on retrouvait toujours la même bande, Hicham et Adèle de temps en temps. On y avait nos habitudes, les mêmes jeux qu'au parc, mais en roulant. Balle au prisonnier, « béret », nous patinions en détalant. Je vois encore Ben, prenant appui sur ses freins, le corps penché en avant, les bras entraînant ses jambes, faisant mine de courir, jusqu'à se laisser glisser sur la longueur et s'arrêter par une volte-face digne des plus grands. Je repense aussi à ce jour où, laissé sur un banc, le perf' de Ben avait disparu, volé, et où j'avais dû le ramener inconsolable à la maison.

À cette époque, Ben s'habillait comme Renaud. Cuir, santiags, bandana. Suzanne lui en avait fait cadeau. Ben n'était pas heureux, il planait. Même en classe, il ne quittait pas son perfecto. Moi, j'avais un look de sportive, version *Flashdance*. Fuseau, guêtres aux mollets, Reebok noires, bracelet éponge fluo.

Un soir, alors que nous passions déposer nos chaussures chez lui, François m'avait coincée dans l'ascenseur : « Tu vas où habillée comme ça ? Un fuseau ? On dirait ta mère. Une marie-couche-toi-là ! Ne viens pas te plaindre si tu te fais violer. Tu l'auras bien mérité. » Neuf ans. Sur le moment, je n'avais pas réagi. Ben, lui, avait ri, gêné. J'avais arrêté le roller l'année d'après.

Depuis, c'était avec Hugh que Ben patinait.

*

Au collège, Ben me racontait ses soirées chez son père. Depuis que Canal+ diffusait du porno crypté,

Xavier avait acheté un décodeur. Le premier samedi du mois, quand Xavier et Elizabeth sortaient, Ben et Hugh attendaient minuit pour regarder des « films de cul ».

Chaque mois, Ben me rapportait une anecdote, réelle ou inventée : « Le week-end dernier, Hugh a mis Canal. Pour mater le film, tu vois, K. Il devait être minuit et quart. Les vieux étaient à Barcelone. On était seuls sur leur plumard. » Devant la télé, Hugh apprenait à Ben à invectiver l'actrice comme si elle était à leur disposition : « C'est ça, vas-y ! Prends ça ! » Ils hurlaient tellement fort que les voisins de palier avaient appelé du renfort. Quand, à la porte, la sonnette avait retenti, Ben avait regardé par l'œilleton. Il y avait aperçu deux flics, et avait entendu leur talkie-walkie : « Signalement au Panthéon. On est sur place. » Ben et Hugh étaient restés silencieux. Les condés avaient sonné encore : « Police, ouvrez ! Vos voisins nous signalent des cris d'enfants. » Derrière Ben, Hugh n'avait pas moufté. Il avait poussé son « frère » à leur expliquer : « Tout va bien, monsieur l'agent. Nous n'avons pas le droit d'ouvrir. Nos parents sont absents. » Les flics étaient repartis. Inutiles. C'est alors que Hugh avait explosé de rire. Et Ben aussi avait ri. Il riait encore en me le racontant : « Décidément, la connerie des flics… Bref, faudrait que tu viennes mater ça, K. »

À cette époque, quand ils ne regardaient pas Canal, Hugh et Ben jouaient à la console. Atari ou Intellivision. Avec son « frère », Ben s'attaquait à des jeux de guerre : arme et testostérone. « Leur père » les laissait faire mais les forçait à lire le soir. C'est comme ça que Ben avait découvert *L'Usage du monde*. Bouvier était l'auteur préféré de Xavier. Après chaque lecture, il engageait des conversations philosophiques avec les garçons. « Mon reup se la pète, K, mais, en vrai, il est super fort. J'adore ma mère, tu vois, mais je vois pas comment il aurait pu rester avec Suzanne. »

Toujours, quand il revenait, Ben me parlait des adultes qu'il avait rencontrés chez Xavier. « Mon père fait des éditos pour un canard maintenant. Y a plein de journaleux à la maison. Ils se prennent tous pour les rois du monde, mais ils sont bons, crois-moi. Hugh et moi, on va être journalistes. Xavier nous a filé un bouquin sur la presse dans les années j'sais-plus-quoi. Il m'a dit que c'était vachement bien. »

*

À onze ans, même quand il jouait à dire le contraire, Ben était fan de son père.

Un lundi, Ben avait été absent au collège, je me rappelle. Xavier lui avait fait un mot. « Un mot ? Quel mot ? » lui avais-je demandé quand il était revenu en français. Ben avait ri, du rire nerveux que, depuis peu, il adoptait. Il s'était assis et puis il avait marmonné : « Je t'explique mais ne le dis pas, K. Tu promets ? » J'avais acquiescé. « Avant-hier, on finissait de dîner quand Xavier m'a demandé si j'avais déjà mis une droite à un gars. Il m'a menacé, tu vois. Il s'est levé, s'est planté devant moi et s'est mis à envoyer ses poings devant mon nez sans que je puisse bouger... Mais c'était pour rigoler. Xavier m'a dit : "Lève-toi, viens, je vais t'apprendre, lève-toi." Tu sais, y avait Hugh et Elizabeth... Alors je me suis levé, et là, Xavier s'est mis à tourner autour de moi en faisant des petits sauts sur ses pieds. D'un coup, il m'a soulevé dans ses bras. Ensuite, il m'a laissé retomber et mes genoux ont claqué. Clac, comme ça ! J'ai pas chialé mais j'ai douillé. L'un contre l'autre, tu vois, les os contre le sol de la salle à manger... Donc je pouvais plus marcher. Le lendemain, je suis resté à la maison. C'est pour ça que j'étais pas là hier. Xavier m'a fait un mot. Tu le répètes pas à Suzanne, K ! J'ai promis à papa. »

Tu étais tellement flatté de partager des secrets avec Xavier, Ben.

Onze ans.

Je revois ton visage d'enfant me racontant les leçons de virilité de ton père. Tu prends un ton sentencieux. Il contraste tellement avec tes yeux clairs. Tes taches de rousseur. Tes dents du bonheur. Celles qui étaient tombées et celles qui repoussaient.

C'est à cette période que j'ai commencé à faire des cauchemars de service militaire, à cette époque-là que des fantasmes de discipline et de séparation sont venus hanter mes nuits d'enfant.

*

Moi, j'étais moins fière des épanchements de mon père.

Depuis que mes parents étaient séparés, je passais mes vendredis chez François quand il était là. Uniques soirées avec mon père, sans Ben. Uniques vendredis, perdus en paternité.

Depuis que j'avais six ans, je subissais ses provocations sans les comprendre vraiment. Auprès de moi, sans discontinuer, mon père se dotait d'un savoir qu'il continuait à inventer. Il n'avait jamais fini sa thèse, « Les marxistes et le stalinisme », mais il passait son temps à me la raconter.

Chaque vendredi, dans la salle de bains, quand je me lavais, François entrait et venait se vanter. Staline, Beria, Molotov. Il était « l'heure de faire le bilan ». À côté de la baignoire, mon père venait pisser. Chaque fois que je prenais mon bain, mon père entrait et me parlait. Les toilettes sur la droite, à mes pieds. Les toilettes, collées à la baignoire, encastrées. Chaque fois, la même impression. Quand il venait me parler, mon père, dans mon bain, déversait son urine et sa vanité.

Chaque vendredi, François entrait dans la salle de bains sans rien me demander. Il entrait, pissait et pérorait. La Tcheka, le NKVD, les répressions massives. Il commentait aussi l'actualité. Il fustigeait Action directe mais les suivait de près.

Mon père entrait, se présentait de trois quarts, sortait son sexe et déblatérait. Mon père s'inventait un avenir : « Je pourrais être ministre de la Culture, si je voulais. » À la moitié de son jet, il tirait la chasse et devait avoir terminé avant que l'eau ait tout emporté. Mon père faisait la course avec les chiottes et, secouant son sexe, m'intimait de mesurer sa virilité. Tétanisée, je me faisais juge de son érudition et le félicitais pour sa victorieuse miction.

Satisfait de m'expliquer le monde, mon père m'enseignait la violence qui naît de l'intimité.

*

Tu te souviens quand on était allés déjeuner chez lui un jeudi ?

Ben et moi, onze ans, avions débarqué dans l'appartement de François en sortant du collège. La porte était fermée à clé de l'intérieur. J'avais sonné. Derrière la porte, mon père. Derrière la porte, François, qui nous avait ouvert, surpris de nous voir là. François, juste un tee-shirt sur lui, sans caleçon. Juste un tee-shirt sur lequel il tirait pour cacher ses couilles, son air con. Mon père nous avait expliqué qu'on ne pouvait pas rester. Il avait oublié qu'on venait manger.

On n'avait qu'à aller s'acheter un sandwich à la boulangerie. François nous avait filé un peu de blé. Il était « avec une dame ». Il fallait dégager. Clin d'œil mystérieux à Ben.

Ce jeudi-là, on était rentrés chez Suzanne et Béa.

Plus tard, j'avais interrogé ma mère. Elle s'était moquée de moi : « Oh là là, ma fille ! Mais moi aussi je baise, et mieux encore. Mon nouvel amant a dix-huit ans. Qu'est-ce que tu crois ? Que ton père n'a pas le droit de s'amuser ? Une petite jeune de temps en temps, c'est excitant ! » Béa m'avait quasiment engueulée : « Tu voudrais quoi ?... Qu'on soit juste des parents ? Faut se libérer, mademoiselle ! »

Les mots de ma mère bousculent ma conscience. Ils piquent mon réveil. Je pense.

Béa haïssait la soumission mais n'a jamais rien compris à la domination.

À l'écouter, tous les couples étaient autorisés, petits et grands. Ma mère m'intimait de copier, calquer, consommer les hommes. « Comme un bonhomme ! » Du haut de ses onze ans, Ben se marrait. Il résumait : « En gros, les femmes ont aussi la permission de se comporter comme des cons ! »

À suivre ma mère, mieux valait le mensonge d'un libre engagement que l'image d'une femme à l'abandon. J'avais, quand même, osé une question : « Ton amant a dix-huit ans ? » Béa m'était tombée dessus : « Et alors ? T'as vu Duras ? Et Beauvoir ? Elles en font autant ! Mais enfin, ma fille, laisse les gens vivre leur vie. Tu voudrais avoir le monopole d'un âge donné ou quoi ? Pas question, ma vieille ! Tu verras... »

Pour Béa, la sexualité était la marque première de la libération. Tant qu'on ne l'acceptait pas, on restait dans la soumission. Un baiser, une drague, une fellation, ma mère nous mettait une sacrée pression : « Et vous deux alors, vous attendez quoi ? »

Je me rappelle. Je détestais ses questions. Ben, lui, avait son opinion : « Xavier a toujours dit que François était un sacré con ! Mais Béa, franchement, t'as de la chance, K. »

*

Nos parents sont devenus des adultes ridicules, Ben.

Une féministe qui remercie les hommes.

Un journaliste qui ne s'intéresse qu'à lui-même.

Un philosophe qui ne pense qu'à vendre ses essais.

Une femme de théâtre muette d'admiration.

« *The world is a stage*, camarades ! »

De la lutte collective au pur individualisme, de la révolution à l'indifférence à leurs propres enfants, nos parents ont suivi un chemin qui les a conduits droit vers le cynisme. Gavés de leurs victoires passées, sûrs des avancées de la société, ils nous ont pris à témoin de leur sexualité. Ils se sont vantés de leur liberté et ont refusé de voir en face la réalité qu'ils nous imposaient.

La méthode était simple : taire la violence, l'appeler autrement. Ne rien entendre, ne rien voir. « Chut ! Tais-toi ! » Ni la peine, ni le mal.

C'est comme ça qu'ils ont choisi de nous diviser, toi et moi.

Ils ont commencé par la fille. À dix ans, j'ai emmagasiné la honte que me faisaient subir ma mère et son pédiatre. J'ai frotté mes culottes et t'ai caché mes larmes. À dix ans, j'ai enseveli l'image de mon sexe en sang. Je l'ai gardée pour moi, comme une blessure d'enfant.

Ensuite, ils s'en sont pris au garçon. « Sois courageux, Ben ! Apprends à te battre ! Protège ton père. Ne dis rien à ta mère. »

Putain de violence qui s'abat sur les enfants. Putain de vieux monde ! Tu parles d'une remise en cause de la parentalité… Sexe fouillé, genoux pétés. Finalement, il nous restera de nos aînés des idées révolutionnaires bien normées : « Y a la fille et le garçon. Celle qu'on viole et celui qu'on violente. »

Une gamine que l'on menace de viol quand elle va faire du sport. Une petite fille à qui l'on ne parle qu'à poil, ou en pissant. Un gosse qui refuse de dire la peur qu'il a de son père. Un petit garçon qu'un adulte s'amuse à soumettre. Un enfant que son père préfère humilier plutôt que cajoler. Des mères qui se taisent ou applaudissent, en fonction.

À bas l'autorité, mais vive la binarité ! D'un côté, les filles, de l'autre, les garçons.

On avait résisté à l'école pourtant.

À onze ans, Ben a pris possession de la maison. Adoré par ma mère, il discutait avec elle de plus en plus souvent. De politique, de l'ère du temps.

Au mois de mars qui avait précédé notre entrée en sixième, la droite avait remporté les législatives. Chirac avait été nommé Premier ministre et, avec Ben, Béa se demandait comment allait faire Mitterrand. Racisme, antisémitisme, épidémie de sida qui démarrait, overdoses dans les squats, enfer carcéral. Ma mère prenait Ben à témoin de chaque fléau des années 80 : « Tu dois lutter contre l'écrasement de ce pays, Ben. Faut se dépêcher maintenant. »

Avec nos mères, Ben était drôle, il rigolait tout le temps. Leurs rapports étaient faciles. Il embrassait Suzanne sur le front et prenait Béa par la taille. Comme avec moi, il passait sans arrêt de la douceur à la provocation. J'avais l'impression de le connaître par cœur et de le redécouvrir tout le temps.

Quel âge avions-nous quand Suzanne a invité son dernier amoureux à la maison ? Onze ou douze ans ?

Béa rentrée de voyage, nous étions au complet pour les présentations. Cette fois encore, Ben discutait politique avec ma maman. Béa s'insurgeait : « Quelle connerie d'avoir introduit la proportionnelle aux législatives ! » et Ben relançait : « La cohabitation peut-elle tenir ? » « Chirac va-t-il bouffer Mitterrand ? » Moi, je restais silencieuse. Amusée par l'aisance de Ben. Fascinée par son assurance.

L'amoureux avait fini par sonner et Suzanne, visiblement embarrassée, avait incité Ben à lui ouvrir : « Allez, mon petit chou. Va l'accueillir, s'il te plaît. » Un sourire aux lèvres, elle poussait son fils à se lever. À la porte, l'amoureux avait salué Ben en lui tendant une poigne fraternelle : « Bonsoir. Je dois avoir affaire à monsieur Ben. Je suis Val. Ravi de te rencontrer, mon vieux. » Ben avait marqué un temps. Puis, d'une voix enfantine qu'il voulait masculine, il avait répondu en articulant : « Au re-voir. » Dans le même mouvement, il avait glissé ses mains dans ses poches et tourné les talons en marchant très lentement. Le fameux Val était resté sur le palier, en plan.

Ce moment est gravé dans ma mémoire, Ben.

Ce soir-là, un immense fou rire avait pris nos mères. Même Suzanne ne s'en remettait pas. Ce rire, tous ensemble, j'ai l'impression qu'il avait duré des heures. Je voyais la fierté dans ton regard. L'amusement de Béa : « Grande réussite. Le petit a une conscience politique. » Le délice de Suzanne prête à accueillir tes offenses, à toutes les passer sous silence.

Tu avais pris l'air surpris : « Ben quoi, mon vieux Val ? À la Giscard ! » Suzanne était allée chercher Valery, qui n'avait pas bougé du palier. « Pardon, il voulait juste rigoler. » Et tu m'avais prise à partie : « Merde ! Il est de droite, ce con-là, K ? »

Cette gaîté de nos mères, Ben, je te la dois. L'énergie de ton rire, son intensité, ce surgissement de l'enfance. Nos mères te pardonnaient tout.

Tu étais leur soleil.

Et mon éclipse débutait déjà.

*

Toute notre adolescence, j'ai vu Ben partager toutes les certitudes de ma mère. Quand elle revenait de reportage, il l'installait sur son pouf habituel et leur servait à boire. Coca et pinard. Ensuite, au lieu de se mettre dans ses bras, Ben prenait place sur le canapé face à elle et ouvrait un journal. Béa s'enquérait de ses lectures, de ses poèmes et le flattait pour sa maturité intellectuelle.

Quand ils étaient ensemble, Suzanne et moi disparaissions. Ben devenait l'univers de ma mère, et lui s'en remettait entièrement à son jugement : « Tu as lu le dernier essai de Xavier, Bé ? Tu penses quoi de ses travaux sur Foucault ? » « Ton père est un grand philosophe, Ben. Démerde-toi pour qu'il m'invite à dîner. J'adorerais le revoir. Ça fait longtemps maintenant. »

Je ne saurai jamais si Béa rejoignait véritablement Ben dans l'adoration qu'il avait pour son père. À cette époque, je n'interrogeais pas la sincérité de ma mère. Je ne critiquais pas non plus l'indifférence qu'elle affichait pour Suzanne. Avec Ben, j'admirais simplement sa liberté de ton. Sa provocation permanente, sa dérision. Ses postures révolutionnaires, cet art de soumettre la violence à sa façon. Comme Ben, je me réfugiais dans le lien distancié qu'elle s'offrait d'entretenir avec le monde, sa manière, selon nous, de « louer l'*underground* ». Sans cynisme, juste par conviction.

*

Ben et moi suivions les messages politiques de Béa depuis longtemps.

À huit ans, ma mère nous emmenait déjà à toutes les manifestations. À cet âge, nous avions arpenté Paris et terminé la Marche pour l'égalité.

Deux ans plus tard, elle nous traînait au premier événement antiraciste organisé par Harlem Désir. Badges accrochés à nos tee-shirts, nous l'avions suivie au « Concert des potes » de la place de la Concorde.

Effrayée par les scores du FN à Dreux quelques années auparavant, dégoûtée par la présence de Reagan au cimetière militaire de Bitburg, Béa nous avait expliqué qu'il fallait impérativement nous opposer au fascisme rampant. Pour une fois, mon père avait acquiescé : « Tu as toutes les raisons de manifester, Machine. Pendant la Seconde Guerre mondiale, ta mère et toi, Hitler vous aurait exterminées. » C'est comme ça qu'il m'avait informée de mes origines. Lui n'était « pas concerné ».

Ce concert, je m'en souviens encore.

L'été de nos dix ans, Ben et moi avions débarqué dans une foule immense. Sur la place, plus de quatre cent mille « potes » venaient lutter contre le racisme et l'antisémitisme. Nous écoutions béats les discours de ceux qui se réclamaient encore de gauche, malgré le tournant de Mitterrand. Guy Bedos comparait l'obélisque à « un énorme zob » : « Ça fait pas très catholique. C'est pas français ça, hein ! » Et on riait avec nos nouveaux « potes ». Ben était emporté par la musique. Il se déhanchait sur Teléphone et déclarait avec beaucoup de conviction : « Si t'es juive, je le suis aussi, K. S'il faut se bastonner avec des fachos, on ira. »

À la Concorde, les gens étaient venus en famille. Sur la place, l'ambiance était bon enfant.

Nous avions remis ça en octobre. « Y a Renaud à La Courneuve, K. Bouge-toi. »

Après avoir écouté « We Are the World » en boucle, on avait chacun demandé cent vingt balles aux parents pour participer au concert des Chanteurs sans frontières. Béa était en voyage. C'est Elizabeth qui s'était dévouée pour nous surveiller cette fois. La femme de Xavier avait fixé les règles : elle nous laisserait déambuler où on voudrait, mais elle nous donnerait une heure pour la retrouver. Hugh aussi nous accompagnait.

Entre réel et irréel, Renaud se faufile dans mon rêve comme il était entré en scène ce jour-là : « Bonjour, ça va, vous avez pas trop le trac ? »

Le concert avait duré de l'après-midi jusqu'au cœur de la nuit. La musique était forte, les baffles énormes. Collé à nous, Hugh se trémoussait une clope à la main, et buvait des bières sans qu'Elizabeth ne puisse l'en empêcher : « J'ai quinze ans, c'est bon ! » Un gobelet de Fanta chacun, Ben et moi, on tentait de l'imiter. Comme lui, on n'arrêtait pas de danser. De temps en temps, l'un ou l'autre reprenait son souffle sur la pelouse, assis par terre, le cul tout vert. Et puis on recommençait.

Comme Béa en 1981, Ben voulait rencontrer des gens. Il s'approchait des groupes, souriait et commençait à discuter. À tous, il rappelait la Concorde, leur montrait qu'il s'y connaissait. Quand on croisait des copains accompagnés de leurs parents, on faisait mine d'être venus seuls avec Hugh, et on repartait de notre côté.

Le retour avait été une vraie galère.

De La Courneuve, plus aucun bus, pas encore de métro. Ça, Elizabeth ne l'avait pas anticipé. On devrait rentrer à pied.

De temps en temps, on s'arrêtait sur des bancs pour se reposer. En repartant, l'un grimpait sur le dos de l'autre. Et on changeait. On essayait de se réchauffer, aussi, doigts entremêlés. Malgré les réticences d'Elizabeth, Hugh avait même tenté de faire du stop. Les voitures, qui défilaient, ne s'arrêtaient jamais.

Sur le chemin, Ben et moi avions commencé à discuter de ce que l'on ferait quand on serait grands. Ben s'était fait visionnaire : « Ce qui est sûr, c'est qu'on habitera ensemble, K. J'élèverai nos enfants. Mais je voudrais voyager quand même. Tu viendras avec moi ? Ce serait bien qu'on ait une maison à la campagne, tu crois pas ? Comme ça on aura des poneys. Le matin, je te ferai de la chicorée comme à Marly. Ou du café, si tu préfères ça. » Je n'avais pas répondu.

Le long des rues, nous marchions unis. Mais, au fond de moi, une voix que Ben n'entendait pas surgissait de temps en temps. Tant bien que mal, j'essayais de la chasser : « Tu ne viendras pas te plaindre si tu te fais violer, Machine. » Malgré la présence d'Elizabeth et de Hugh, malgré les pas de Ben à mes côtés, le message de mon père bouffait mes pensées. S'il m'arrivait un truc, ce serait ma faute. Je l'aurais bien mérité. J'accélérais.

Au milieu de notre conversation je m'étais mise à pleurer. À cet âge encore, il n'en fallait pas plus à Ben. Lui aussi s'était effondré.

Arrivés dans le XIXe, nous nous en étions remis au seul remède qu'on connaissait : « "Hexagone", K ? » On s'était calés sur un banc pour attendre qu'Elizabeth trouve un taxi.

Et, avec Hugh, on avait chanté Renaud en entier.

En sixième, nous allions déjà seuls aux manifestations. Au mois de décembre 1986, Doc aux pieds, tee-shirt Sex Pistols, Harrington sur le dos, Ben et moi défilions contre le projet Devaquet dont Béa n'avait pas arrêté de nous parler.

C'est à cette manif qu'on a commencé à fumer.

J'avais volé des clopes à ma mère qui, en s'en apercevant, m'avait mise en garde : « Fais c'que tu veux, K. C'est ton corps. Mais si tu te mets à fumer, faudra demander à ton père de te les acheter. J'en ai marre de tout payer. Je ne suis pas la banque, contrairement à ce que croit François. » J'avais promis et embarqué le paquet.

« Des Lucky Strike. La classe. »

Ben et moi, nous étions assis entre deux voitures. C'est Ben qui avait commencé. Il avait pris une cigarette qu'il avait mise dans sa bouche, lèvres pincées. Ensuite, il avait frotté le briquet Bic qu'on avait piqué à la maison.

Il s'y était repris à plusieurs fois avant d'obtenir une flamme et d'allumer sa « sèche », comme disait Xavier. Ensuite, il avait tiré dessus sans avaler la fumée. Après trois bouffées, il avait changé d'air. Il était satisfait. « Vas-y, K. Au début c'est dégueu mais j'aime bien, là. »

Ce moment-là, Ben, c'était la paix. La joie pure. Qu'est-ce qu'on était bien ! Tous les deux, dans notre rue, assis sur le trottoir, avec nos calumets. Cette nuit, dans cette lente sortie du sommeil, j'en respire encore la fumée.

Deux jours plus tard, rue Monsieur-le-Prince, la mort de Malik Oussekine rompait notre assurance, notre sérénité. La violence d'État tabassait nos expérimentations d'adolescents. Nous marchions en silence : « Plus jamais ça. » On espérait.

*

À partir de là, Ben s'est mis à traîner chaque midi devant le collège une clope à la main. Quand je n'étais pas obligée de déjeuner avec les parents de François, je le rejoignais.

Entre deux cours, Ben restait là avec sa bande. Des gars du collège, des plus vieux parfois. Des copains de Hugh qui passaient de lycée en lycée : Mini-Pogo, les frères Sebos, Achille dit « le Hasch », Hicham.

Les gars échangeaient leurs trente-trois tours et gardaient un œil sur la sortie du collège. Instruit par Ben, chacun redoutait les skins et leur arrivée. Aux dires de Hugh, le GUD de la fac d'à côté faisait des descentes dans tous les bahuts des alentours. Ben, du haut de son mètre soixante, prévenait les potes qu'il leur faudrait sûrement s'y confronter. De temps en temps, tous se mettaient à gueuler : « La jeunesse emmerde le Front national ! » Et Ben reprenait : « Vivre libre ou mourir ! » Avec Hugh, ils organisaient des rondes dans le quartier.

L'ambiance n'était pas la même à l'intérieur du collège. La plupart des garçons de notre âge étaient champions de sport. Ils jouaient au tennis comme Wilander, au foot comme Platini, et rentraient chez eux dès que la cloche retentissait. Les filles, elles, continuaient leurs cours de danse, se passionnaient pour l'instrument dont elles jouaient et restaient entre elles, pour ne pas avoir à se mêler.

Les plaisirs individuels avant l'engagement collectif, Ben et moi, ça nous dégoûtait.

Pendant des années, Ben a accueilli ses potes devant le bahut. À ceux laissés libres de nous rejoindre, il balançait une blague et leur tendait une clope dans la foulée. Tous savaient où le trouver. Peu importait l'établissement du quartier dans lequel ils végétaient, les copains, connus et inconnus, rejoignaient Ben dès qu'ils étaient libérés.

Pendant des années, toutes les conneries, c'est Ben qui les a organisées. Les premières antisèches, les premiers cours manqués, c'était Ben. Les descentes dans les catacombes, c'était Ben.

Moi, perdue par le nombre, présente mais distante, j'étais la seule « meuf » à peu près admise dans la bande.

*

À cette époque, Ben plaisait beaucoup aux filles. Sans le dire, il travaillait son style. La plupart du temps, les copines me voyaient comme un obstacle à l'attention qu'il pourrait leur accorder. Mais, parfois, elles passaient par moi pour mesurer leur chance de sortir avec lui.

Pour notre première boum, Pauline, une fille de la classe, nous avait invitées, Adèle et moi, dans l'espoir que Ben nous accompagnerait. Il avait débarqué avec Hicham.

Ben était arrivé avec son sourire et ses « jolis souliers ». C'est comme ça qu'il appelait ses Doc défoncées, seule concession inavouée à la mode de l'époque. C'est Elizabeth qui les lui avait achetées. Pour le reste, le look de Ben tranchait avec celui des autres gars. Les fringues des fils à papa, les fringues de « ces gens-là », il détestait ça. Horreur du sweat-shirt Best Montana, de la doudoune Chevignon, des Converse que portaient tous les enfants du quartier. Il restait invariablement en vieux jean jamais lavé et tee-shirt trop grand qui lui donnaient un air de vieil anar que j'adorais.

Ce jour-là, Ben s'était incrusté chez Pauline, princesse choyée que sa bande et lui ne pouvaient pas blairer. Du fond du couloir, j'avais immédiatement reconnu son arrivée :

Salut à toi ô mon frère. Salut à toi peuple khmer.
Salut à toi l'Algérien. Salut à toi le Tunisien.

Ben avait foncé vers la platine. D'emblée, il avait changé la musique. *Exit* Jeanne Mas et Caroline Loeb, il avait enchaîné Madness, Indochine, The Cure, les Bérus. Avec ses potes, il s'était mis à pogoter. « Salut à toi, ô ma K. Je savais bien que c'est ici que je te trouverais. »

Dans cet appart épuré, parsemé de meubles italiens aux lignes droites et inconfortables, chaises longues en cuir ou poil de vache, tables en verre, acier et métal laqué, suspensions en rotin, Ben avait bousculé tout le monde. Sur la piste, mort de rire, il avait sérieusement vexé Pauline, qui le suppliait de ne pas tout casser. Après s'être fait engueuler, il avait pris l'air tendre et satisfait : « Je provoque à l'amour et à la révolution, *yes* ! *I am* un immense provocateur... » Toujours, plus tard, dès qu'il bousculerait les gens, toujours, plus tard, dès qu'il ferait mine de provoquer une baston, Ben aurait ce regard-là, solaire, horriblement touchant.

Je suis d'un autre pays que le vôtre,
d'un autre quartier, d'une autre solitude.

« Hommage au grand Léo, chère Pauline ! » Pour calmer les esprits, Hicham avait pris la direction des opérations. « Total Eclipse of the Heart », Bonnie Tyler. Contrairement à ses attentes, magnifiant sa distance, Ben n'avait pas invité Pauline à danser. Quand il avait vu un gars s'approcher de moi, il s'était jeté dans mes bras et avait adressé un clin d'œil moqueur à l'hôtesse de la « soirée » : « *Too bad*, ma vieille. Je reste avec K. Elle, au moins, c'est pas une coincée. »

Combien de temps avons-nous joué à ce jeu-là ? Provoquer, séduire, et se réfugier à deux dès qu'une autre réalité s'annonçait ?

Au cœur de la nuit, je cherche tes bras, Ben. Ton sourire, l'exacte odeur de ta peau, la chaleur qu'elle m'apportait, le repos de nos corps emmêlés quand nous étions bébés. Tu crois qu'ils me porteront encore lorsque je sortirai ?

Quatre heures trente à l'hôpital, je tente de bouger un bras. Tout est lourd. Une enclume sur les draps. Je porte ma main vers le vide, cherche à rejoindre les lianes qui s'amusent sur le mur, à puiser dans la vigueur de leurs racines. Subitement, un déchirement me vrille le thorax. La douleur fuse. Je ne bouge plus. Pour vaincre le supplice qui s'immisce, je n'ai pas le choix. Je me rendors pour oublier mon corps. Ta voix me berce, elle éclaire le passé qui nous réfléchit, toi et moi. Je chuchote : « Rassemble-nous encore, Ben. Dis-moi. »

Nos parents ont cessé toute surveillance dès la cinquième.

Souvent, après les cours, nous allions au ciné. Guidés par Hugh, ou par les titres, les affiches qui nous plaisaient. *Rocky, Out of Africa, Trois hommes et un couffin, Subway*… On voyait les blockbusters, financés par Xavier qui ne contrôlait jamais son porte-monnaie.

Peu importait la qualité du film, l'essentiel était d'avoir la liberté d'y aller.

C'est surtout *La Couleur pourpre* qui nous avait marqués. Ben n'avait pas arrêté de chialer. À douze ans, nous avions élu Spielberg meilleur réalisateur de tous les temps. À l'unanimité.

À la maison, Ben parlait de Whoopi Goldberg avec Béa, histoire de rendre compte de ses activités. Après la séance, il discutait aussi avec des inconnus. Il sympathisait avec des vieux et leur donnait rendez-vous pour un nouveau ciné. Comme Béa à la Bastille, Ben alpaguait les étrangers à la sortie des salles. Toujours des adultes seuls et désœuvrés. À cette heure-là, sortir, pour les autres enfants, n'était pas autorisé.

*

Parfois, après le collège, on rejoignait Hicham. Dans sa chambre de service de huit mètres carrés au cinquième étage, où on adorait s'entasser.

Sa mère, qui habitait juste en dessous, avait besoin d'intimité. Elle avait offert à Hicham de dormir hors de l'appartement qu'elle occupait. Pour manger et se laver, il avait le droit de descendre. Pour recevoir des amis et dormir, il montait. Ben trouvait ça incroyable. Il l'enviait. Moi, je n'aimais pas l'idée. La nuit, toute seule, ça m'aurait fait flipper.

C'est chez Hicham qu'on a fumé nos premiers joints. À douze ou treize ans, je crois. Ben avait piqué un bout de shit à Béa.

Quelques jours auparavant, ma mère avait débarqué à la maison avec un jeune type. « Mon apprenti », comme elle l'avait présenté. Vraiment pas le même genre que son banquier. Malgré notre présence dans le salon, Béa et son gars s'étaient mis à rouler un pétard. Ben avait immédiatement repéré sa planque. Ma mère rangeait son shit dans le tiroir du bureau de Suzanne, et ne s'en cachait pas.

Pendant que la mère d'Hicham, dans l'appart d'en bas, s'affairait à donner des ordres à la personne qui l'« aidait au foyer », Ben avait tenté un trois-feuilles. Comme les gars qu'il avait vus rouler gare Montparnasse, il avait pris un ticket de métro pour fabriquer un filtre et léché le papier. Son joint ne ressemblait à rien mais il nous avait paru parfait. C'est Hicham qui avait fumé le premier. Je me rappelle son regard. Il paraissait habitué.

Les conversations avec Hicham me surprenaient toujours. Son imagination le gardait sur terre mais dans un monde auquel je n'avais pas accès. Depuis le sommet de Lomé où Mitterrand avait repris l'idée d'un plan Marshall, il s'intéressait au rôle de la France en Afrique, et suivait de près une actualité qui m'échappait. Hicham avait un avis tranché sur des questions auxquelles, en dehors de Ben, aucun enfant du collège n'avait l'idée de s'intéresser. Il nous rebattait les oreilles avec Hissène Habré et l'opération Épervier, le tout en s'étouffant de pain-de-mie-Nutella. Complètement défoncé, il sortait des concepts qu'on croyait inventés. Hicham tenait ça de son père, détaché en Afrique, en mission « coopération » ou post-colonisation, depuis la cohabitation.

Nos fous rires, dans la chambre d'Hicham, pouvaient durer des après-midi entiers.

Les meilleurs étaient ceux qui démarraient sans aucune raison. Un son, une image, un mouvement, et une avalanche de rires nous tombait dessus sans qu'on puisse les retenir.

Souvent, Ben et Hicham dansaient. Reggae, rock ou même slow. L'un contre l'autre, dans le même tempo. Ben avait acheté une platine avec l'argent de Xavier. Nous l'avions installée chez Hicham et y avions apporté nos quarante-cinq tours, bientôt remplacés par des CD.

De cette époque, me revient l'amitié en douceur. Je revois Ben et Hicham, un mercredi, écoutant Indochine. L'un et l'autre gesticulant face à face, mains en l'air, pieds serrés. Ben prenait Hicham dans ses bras et se mettait à chanter :

Dans la rue, des tenues charmantes.
Maquillé comme mon fiancé...

Avec Hicham, Ben était tendre.
J'adorais les voir ensemble.

*

En dehors du collège, on n'avait pas souvent le droit de voir Adèle. Seul Hicham avait été invité à sa première communion et à sa profession de foi. Jeannette et louveteau depuis l'école, ils étaient les enfants d'un même clan. Faut dire qu'on n'était pas baptisés, Ben et moi. Je crois que le père d'Adèle ne nous aimait pas. Croix de bois, croix de fer, si je mens, je vais en enfer ! De temps en temps, le mercredi, on pouvait quand même passer chez elle.

Adèle était la plus menteuse d'entre nous. Promesse de jeannette, deux doigts en V près de la tête : « Je promets de faire de mon mieux pour être fidèle à Dieu, à la France, à mes parents, à la loi de la ronde, et de faire chaque jour un plaisir à quelqu'un. » Je te salue de la main gauche, celle du cœur. Le mensonge, elle tenait ça de ses parents. Sourires de piété. Franchise, dévouement, pureté ! Elle nous faisait tellement rigoler à tous les imiter.

Adèle revendait clopes et whisky piqués à son père, qui râlait après sa mère : « Où a-t-elle encore rangé mes affaires ? » Ses fringues aussi. Essentiellement ses Burlington. Avec ce fric, elle se refaisait une garde-robe aux puces de Clignancourt où, déjouant la vigilance de la ronde, elle nous avait emmenés une fois après les cours. Dès qu'elle sortait de chez elle, Adèle se changeait complètement. Coque sur la tête, Doc aux pieds, minijupe en jean, bomber. C'était vraiment elle la plus lookée.

Adèle nous racontait aussi ses nuits fantastiques avec sa sœur. Margot lui avait appris à faire le mur. De temps en temps, les filles s'évadaient de leur prison et se rendaient à des soirées organisées par les potes de Margot, ceux de Hugh, qui avaient tous dix-sept ou dix-huit ans. C'est là qu'elle avait fumé ses premiers joints, découvert la vodka et aperçu le poppers qui commençait à circuler parmi les grands.

Luttant contre l'ennui, tentant d'échapper à la reproduction, Margot et Adèle étaient inséparables. Hicham trouvait leur vie « vraiment géniale ». Ben et moi étions moins convaincus. Autorisés à tout, nous ne prenions pas la mesure de leurs transgressions.

*

Hilarité, douleur. Excitation, douceur. Contraste oppressant. Les souvenirs de notre adolescence me sortent de la somnolence. Avec eux, les lianes se figent. Comme des tuteurs, elles se raidissent. Ensemble, nous retenons l'enfance. Dans mon réveil, je murmure : « Arrêtez, c'est bon. » Trop tard. Elles poursuivent.

Ce samedi midi, en quatrième, Ben et moi, on glandait chez Hicham. On discutait de ce que l'on ferait de notre soirée. Ben se la jouait cool : « Oh non c'est bon, moi je vais pas chez cette bouffonne de Pauline. On va faire du roller à Montpar'. Faites pas chier. » Hicham et moi, on était partagés. Sereins, amollis et concentrés sur des questions qui nous paraissaient essentielles : *E.T. l'extraterrestre* ? Un film sur le divorce des parents ? *Indiana Jones*, plus intéressant ? Plutôt Indochine ou Téléphone ? Samantha ou Sabrina ? On dit taguer ou graffer ? Les troisièmes plus sympas que les quatrièmes ? Les filles du collège plus mignonnes que celles du lycée ? Ces points n'étaient jamais tranchés, interrompus par cent fous rires, perdus dans mille digressions.

Vers quinze heures, la mère d'Hicham était montée pour nous dire de rentrer. Elle avait reçu un coup de fil de la proviseure, nos mères nous attendaient. En l'espace d'une minute, tout y était passé. Les clopes qu'on avait fumées, le dernier qui avait séché, celui qui avait piqué un truc chez Ed, les injures de Ben à la prof d'histoire qui, selon lui, « passait son temps à camoufler la réalité ». En l'espace d'une minute, on avait tout envisagé. Quoi qu'il arrive, on en était sûrs, on allait bien se faire engueuler.

Ce samedi midi, pendant qu'on rigolait, la proviseure avait appelé Suzanne et Béa. Elle avait aussi prévenu la mère d'Hicham. Ce samedi midi, pendant qu'on divisait le monde entre ceux qui préféraient les Converse basses et ceux qui choisissaient les montantes, Margot, la grande sœur d'Adèle, s'était fait écraser en sortant de son lycée. Simple accident de la vie quotidienne. De ceux, sans doute, auxquels le petit Jésus n'avait pas pensé. Margot avait eu quatorze en sciences nat, seulement quatorze, son père allait encore la sermonner. Elle traversait angoissée. Comme ça, l'espace d'une inquiétude, celui d'une pensée. Un rien de temps. Alors même qu'elle avait fait sa confirmation, qu'elle allait passer son bac. La sœur qu'Adèle adorait, la grande Margot qui nous impressionnait, était morte. Et on allait nous l'annoncer.

À la maison, Suzanne n'était pas là. Béa nous avait accueillis, accroupie dans son bureau. Ma mère fumait par terre et n'avait pas beaucoup de temps à nous consacrer. « Vous la connaissez, la petite Adèle ? Je ne sais pas pourquoi on m'a appelée moi. Sa sœur est morte. Écrasée. Je ne sais pas si elle était plus petite ou si c'était l'aînée. Bon ben c'est comme ça. La vie est terrible. Je vous l'ai déjà dit, les gars. » Ben s'était immédiatement barré. Il était parti retrouver Hugh. Il passerait le week-end chez Xavier.

Je revois Adèle arrivant dans la cour du collège le lundi suivant. Ce dégoût qui monte, cette envie de vomir, cette image d'Adèle scrutée par tous, abandonnée aux embardées, aux chuchotements, au vacarme de ce monde adolescent. Et ma propre incapacité à bouger, à aller voir mon amie, à lui parler. J'étais pétrifiée.

Aider cette ombre d'Adèle qui souriait, tendue, raide, mais qui souriait dans la cour de récré. Ce reflet d'Adèle les yeux lourds, et Hicham et moi qui ne bougions pas. Cette impuissance.

À treize ans, nous avions dû lâcher notre intuition, abandonner notre perception, nous en remettre à plus de raison, prendre conscience du monde, de la vie autrement. Admettre. La mort d'une enfant.

Treize ans. Tu t'étais seul avancé, Ben. Sous les yeux de tous, tu t'étais détaché de notre groupe. Tu avais rejoint Adèle dans la cour. Tu lui avais pris la main et ne l'avais plus lâchée de l'année. Je ne sais pas ce que tu lui avais dit.

Treize ans. Toi seul avais eu cette âme.

Cette nuit encore, ton authenticité chahute le noir de ma mémoire. Ta générosité pulvérise ma maladie. Ta conscience m'extirpe du mal. Elle me sauve moi aussi.

Je chuchote.

Voilà qui tu étais, Ben.

Voilà l'image de toi que je ne lâcherai jamais.

III

Mutations

J'ouvre les yeux. Sous le drap jaune de l'AP-HP, je porte une chemise bleue de laquelle dépasse un bandage. Je ne suis pas sûre de vouloir comprendre ce que l'on m'a fait. Ce n'est pas la douleur dont j'ai peur mais du vide que l'on m'a laissé, de la partie de moi que l'on a découpée.

La nuit avance. Tout à l'heure, l'infirmière a changé ma perfusion. Je ne sais pas ce qu'elle m'a donné. Elle ne me l'a pas dit, ne m'en a pas parlé. Depuis, une chaleur me porte. Malgré les drains qui le retiennent, un bout de mon corps s'envole. Je devrais l'empêcher mais je ne sais pas lutter. Plus j'essaye de percevoir mon sein, plus ma raison s'affole. Je me sens flotter. Mon cerveau est réfugié dans une transe qui te convoque et me maintient à tes côtés. Une question m'aspire.

À quel moment avons-nous commencé à disparaître, tu dirais ?

*

La perfusion s'écoule, je perds mon corps. Je l'abandonne à des pensées déformées.

Au collège, contrairement à celle de Ben, ma transformation a d'abord été physique. À cet âge, ces changements se voient plus vite chez les filles que chez les garçons.

En sixième, mes seins avaient poussé, mes règles étaient arrivées.

Je me souviendrai toujours de ce premier jour, quelque temps après la rentrée. Suzanne était en Vendée, Béa avait un dîner. En mettant mon pyjama, j'avais aperçu la tache de sang, dans ma culotte, la même que celle du frottis que j'avais subi l'année d'avant. Cette fois-ci, j'étais allée trouver Ben. Je lui avais exposé la situation. Sûr de lui, il avait tranché : « Tu as tes règles, K », heureux de l'arrivée de cette mutation programmée.

Redoutant les moqueries de ma mère, j'étais allée me coucher. Ben, lui, était resté éveillé toute la soirée. Il avait sauté sur Béa dès qu'elle était rentrée. Investi, il lui avait fait part de notre transformation, comme si lui et moi bénéficiions de la même actualité. Qu'on se le dise : nous étions grands désormais !

J'entends encore ma mère entrer dans ma chambre, Ben derrière elle : « La pauvre. C'est le début des emmerdes ! » Dès le lendemain, Ben avait annoncé la nouvelle à Hugh : « K est une femme, ça y est ! »

Quelques jours plus tard, Béa m'emmenait chez une copine gynéco. Dans la salle d'attente, elle m'informait qu'il était temps de prendre la pilule, qu'on ne savait jamais quand le loup pouvait arriver. Quand la docteure m'avait appelée, elle m'avait suivie dans son cabinet et, d'entrée de jeu, lui avait expliqué : « Je ne veux pas me mêler des histoires de ma fille, mais maintenant qu'elle a ses règles je me suis dit qu'il était important que tu la voies. » La gynéco avait bien compris où elle voulait en venir. Elle m'avait demandé de monter sur la table d'auscultation, et, sous les yeux amusés de Béa, avait cru devoir m'apprendre comment mettre les pieds dans les étriers.

*

Là, dans ce demi-sommeil, je ne suis plus sûre qu'il reste un bout de moi-même. Comme tu le faisais, je vérifie. Œil droit, bout des doigts. La perfusion me gêne. La sensation n'est pas la même. Mes interrogations reviennent : pourquoi ce geste ?

Tu le savais, toi, que mon corps partirait à moitié ?

Au collège, j'avais grandi.

Pas en taille, évidemment. François avait beau me trouver des airs de « garçon manqué », le temps était fini où j'étais plus grande que Ben. Un mètre cinquante et des poussières. Les règles arrêtent la croissance, le médecin que Béa m'avait emmenée consulter l'avait spécifié : « Pour elle, c'est foutu. Y a plus rien à faire. » Je resterais loin derrière les autres élèves, qui déjà me dépassaient.

Toujours collée à Ben, on m'adorait autant que l'on me méprisait. Certains se moquaient de moi, d'autres étaient ravis de me penser plus petite, moins âgée. Ben, lui, rectifiait. Avec Hugh, au collège, au lycée, ils vantaient ma transformation, ma maturité. Ensemble, ils prenaient leur désir pour la réalité : « Petite mais cochonne ! », tordant les pubs que l'on voyait à la télé.

« Petite mais cochonne ! » Dans mon lit, je tressaille. Hier, j'étais fière, pourtant.

« Petite mais cochonne ! » Ben et Hugh projetaient sur moi les films qu'ils regardaient déjà. Leur désir, je le faisais mien.

« Petite mais cochonne ! » Je suffoque. Je cherche l'air. Sombre réveil qui m'assomme. Je ne veux plus qu'on m'endorme. Jamais.

Comment ai-je fait pour supporter ça ? Pourquoi ça nous faisait marrer toi et moi ?

« Petite mais cochonne ! » Mon corps s'agite. À quoi pensais-tu, Ben ? Combien de temps as-tu cru que ces mots me flatteraient ? Pourquoi n'as-tu pas vu qu'ils m'imposaient de m'humilier ? De Machine à cochonne. De François à toi. De salope à trop bonne. De Béa à moi. Que pouvais-je faire de ces injonctions-là ?

Comment a-t-on pu se laisser piéger si facilement, toi et moi ?

*

Je cherche ma joue. Dans ma jambe, mon bras, je sens venir mille fourmis. Elles m'envahissent, m'engourdissent. À droite, mon corps s'évapore. Hier et aujourd'hui encore.

Ce ravissement a commencé il y a longtemps. C'est par la droite que ça se défait. Ma droite part en fumée. Votre gauche, si vous me regardez. Mon œil est abaissé. Depuis l'adolescence, je le sens s'effondrer. Toi, ça t'a toujours fait rigoler. J'entends ta voix, Ben : « On dirait un Picasso, K. T'es complètement asymétrique, on dirait qu'à droite quelqu'un t'a écrasée. » L'hypnose reprend. Pouce droit luxé, genou droit opéré, hernie inguinale droite suturée, poumon droit embolisé. Je parle seule. Depuis toujours, à droite, tout s'évapore. Ma bouche aussi, à droite, dégringole, comme si je voulais pleurer.

J'ai longtemps tenté de relever cette commissure. Je me suis exercée, je me le suis imposé, mais rien n'y a fait. Je ne souris que d'un côté. Auguste à moitié. Avec le temps, mon visage a fini par se diviser. À droite, il s'efface. Plus le temps passe, plus je perds ma moitié.

Tu le savais, toi, que ce serait le sein droit qu'on m'enlèverait ?

En sixième, j'avais grandi.

Et puisque cela constituait visiblement la seule parade à ma petite taille, j'avais suivi les conseils de Béa et roulé ma deuxième pelle.

Le type s'appelait Mehdi. Un gars de cinquième, un copain de Ben. Dans les couloirs du collège, à neuf heures et demie, je l'avais embrassé une fois, comme je l'avais fait avec Ben quand on était petits. Un rendez-vous, une fois.

Quand Ben l'avait appris, il l'avait répété à tout le monde. À cause de lui, chacun en parlait. Dès l'après-midi, dans la cour, tous me regardaient. Ça chuchotait.

Ben avait organisé des rendez-vous, les jours suivants. À la récré, Mehdi n'en menait pas large. Il m'avait prévenue en le désignant du doigt : « Ce con dit que tu suces. Il dit à tous qu'il peut s'occuper de ça. » À cause de Ben, les garçons faisaient la queue à la cantine pour se faire embrasser. Ils venaient me trouver : « Ben m'a dit que tu voulais sortir avec moi. C'est vrai ? »

Ce petit jeu avait outré Adèle, qui était allée le trouver : « C'est dégueulasse de faire ça à K. C'est pas vrai ce que tu racontes sur elle. Pourquoi tu fais ça, Ben ? » Il avait ri. « Oh ça va… Elle est grande ! Tu lui as demandé ce qu'elle en pensait ? Faut que tu te décoinces un peu, Adèle. Heureusement que K n'est pas comme toi. »

Quand il m'avait raconté leur conversation, je m'étais moquée d'Adèle.

J'avais ri de cette violence, Ben. Mais, dans le même mouvement, j'avais appris à me mentir à moi-même, à me dédoubler.

Cette duplicité, vaine parade à la division de notre unité, je l'ai portée pendant des années. Cette trahison de moi-même, ces sévices de l'âme, je me les suis infligés seule, pour survivre à la triste construction de nos différences, et t'en retirer la responsabilité.

*

Dès onze ans, j'ai appris à séduire. Humour, clins d'œil, flatteries, je me suis transformée en proposition permanente sous le regard de Hugh, dans les rires de Ben, influents instruments de nos parents. J'ai su charmer les garçons en deux temps trois mouvements. Je leur ai accordé l'attention qu'ils recherchaient, leur ai laissé croire à mon goût, mon envie, mon besoin de me faire attraper. Je les ai provoqués. Pas très compliqué.

Pendant tout le collège, j'ai fait mine de conduire mes amitiés masculines sur le seul terrain de la sexualité.

Caressant les joues, le bas des ventres. Glissant des petits mots dans les trousses, des lèvres rouges dans des lettres transmises. J'ai fait tout ce que mes parents espéraient de moi. J'ai loué les principes de Béa. Et je me suis détestée, comme l'attendait François.

Grâce à ma mère, j'avais un temps d'avance. Je savais porter les bons décolletés et passer ma langue sur mes lèvres, comme dans les films érotiques dont Hugh nous abreuvait. J'acceptais les invitations au ciné, les slows où l'on vous marche sur les pieds. Par-dessus tout, je vantais les mérites de l'infidélité.

Je ne sais plus quel âge j'avais quand Béa a décidé de chercher pour moi des vieux gars, de bons copains qui viendraient rompre mon immaturité sexuelle. Au collège, ma mère essayait déjà de me faire dépuceler.

Béa avait convoqué un copain du journal pour lequel elle bossait. Elle lui avait demandé de m'inviter à dîner. Je me souviens de ce coup de fil. Je me souviens de ma surprise. Dîner avec moi ? Pourquoi ?

Le collègue m'avait emmenée dans une brasserie du quartier. À table, il était bien embarrassé. Il regardait mes seins sans discontinuer. Mes seins, ce sein. « Tes jolis petits seins. » Sans arrêt. Il répétait : « Ah que tu es mignonne ! Ah que tu es mignonne ! », suivi d'un rire nerveux qui m'irritait. Faut dire que la conversation n'avait aucun intérêt. Confronté à mes sourires, le type m'avait ramenée à la maison sans me toucher.

J'ai longtemps pensé qu'il avait accepté de me sortir pour plaire à ma mère, avec laquelle il rêvait de baiser. Aujourd'hui, je n'en suis plus si sûre. Mais peu importe, l'essentiel, c'est qu'il m'ait épargnée.

*

Au collège, j'impressionnais Hugh et Ben à la fois. Sous leurs yeux, j'ai appris à muer en fleur de jardin, princesse endormie, vamp excitante. Très vite, je me suis persuadée qu'il valait mieux anticiper plutôt que de se faire emmerder. Proposer pour effrayer. Draguer pour faire fuir. Donner pour se protéger. Très tôt, j'ai compris : les garçons s'attaquent surtout aux filles qui ne leur ont rien demandé.

Mais mon corps m'a protégée. Comme il me sauve encore cette nuit. Docile, j'ai fait semblant d'aimer conquérir. Puis je me suis mise à grossir. J'ai commencé à me gaver, de pains au chocolat, de pâtes à la sauce tomate, de Kinder et de brownies. Guidé par la terreur, paralysé par le désir sexuel qu'on m'imposait, mon corps a fait barrage. Utile caricature de pensées viriles. Il a engrammé la peur et la solitude. Il n'a plus laissé personne m'approcher.

*

Au creux de mon lit, mes os sont de glace. Je me fâche : « Je ne veux pas que tu me voies. Va-t'en, Ben ! Pars. Je veux bien me souvenir de toi. Mais moi, non, ne me regarde pas. » Je mélange les songes.

Tu sais ce qui distingue la cellule cancéreuse d'une cellule saine, Ben ?

La cellule cancéreuse ne répond plus aux signaux, elle outrepasse les points de contrôle qui font de la mitose une division normale. La cellule du cancer reste sourde aux alarmes et se multiplie de manière anarchique.

On dit d'elle qu'elle devient immortelle.

À partir de la quatrième, j'ai trimbalé mes kilos en trop. Ma mère passait son temps à me les reprocher. Elle contrôlait mon corps. Chaque fois qu'elle me retrouvait, elle m'accueillait par un « Ça va ? T'as pas trop grossi ? » en guise de bonjour. Sans autre intérêt pour sa fille, Béa, conforme, me déformait. Toute féministe qu'elle était. Brusquée, complexée, sous le regard de ma mère, je continuais de me détester. François, lui, était embarrassé.

À chaque repas, Béa m'imposait du fromage blanc au miel et me faisait avaler toutes les pilules qu'on lui avait conseillées. Ben, lui, se gavait de tout ce qu'il pouvait. McDo en plat principal, en dessert un sundae, plus tard un Mars glacé. Le soir, il recommençait, Burger King et Raider. À quatorze ans, Ben avait poussé comme une tige. On aurait dit que chaque mois lui donnait des centimètres supplémentaires quand, moi, j'élargissais.

J'entends encore ton rire, Ben. À la maison, toi aussi tu te moquais : « Je sais pas comment on va lui trouver un mec ! Le truc, c'est pas tellement ton cul, K, mais tes nichons… Même Samantha Fox en a pas des pareils. Un mètre cinquante et cent vingt kilos. Tu vas finir comme Jabba le Hutt, ma vieille. »

J'entends encore ton rire, Ben. Il résonne.

J'ai l'impression de devenir folle.

J'aurais tellement aimé que ces souvenirs de violence ne rencontrent jamais ton sourire. Cet écho de toi dans la cour, je voudrais m'en défaire. L'amour et la haine, le lumineux et le sombre. Ces vagues de soleil noir. Je voudrais ne pas avoir à me les remémorer ce soir.

En troisième, Adèle errait comme une ombre. Un halo de silence entourait chacun de ses déplacements.

Chez elle, notre amie tentait de redonner vie à ses parents. Grand-père, cousins, oncles, tous comptaient sur elle : « Allez, ça va aller, jeune fille. La mort n'est pas la fin de la vie. »

Prisonnière, meurtrie, Adèle ne s'autorisait d'autre choix que de satisfaire le fantasme familial. Elle accompagnait sa mère à la messe le dimanche et se pliait à la moindre de ses demandes. Cette mère, irréductible joyeuse, qui l'engageait à remercier Dieu pour le courage qu'Il lui donnait de surmonter sa peine. Ce Dieu auquel, chaque jour et devant Adèle, elle disait sa gratitude d'avoir gardé une fille aussi gentille.

Foudroyée par la bêtise de sa mère, écrasée par le mutisme de son père, Adèle s'enfermait. Seul Ben la faisait sourire, mais je ne sais pas s'il la voyait.

En cours comme à la maison, gonflé d'une assurance adolescente, Ben donnait l'impression de s'amuser tout le temps.

Chaque jour, il rapportait des conneries au collège. Celles qu'il s'achetait en piquant du fric à Xavier. Un Walkman Sony stéréo jaune, waterproof, hyper gros. Des cassettes à n'en plus finir. Vierges ou préenregistrées. Des CD. Des livres. Une grosse chaîne à la ceinture. Des badges punk, rock, bien énervés.

Le jeudi, il arrivait en classe avec Hicham après le déjeuner : « Salut, K. » Il balançait son sac et s'écroulait sur la table d'à côté. Les bras croisés devant lui, il dormait pendant le cours entier. Quand il se réveillait, il se mettait à parler, fort, sans égard pour la prof d'anglais qui s'époumonait. Ben rigolait avec Adèle. Comme si de rien n'était.

*

Un après-midi, après sa sieste habituelle, Ben s'était réveillé surexcité. Nous étions en novembre, l'année venait de commencer. Le mur de Berlin était tombé. Là, en classe, Ben n'arrêtait plus d'en parler.

Hugh était parti avec son « frère » : « Bouge-toi, Ben. On leur apporte du Coca. Aucune raison que les Est-Allemands ne profitent pas de l'impérialisme de nos vieux cons. » Xavier les avait laissés se tirer seuls : « Hugh a dix-neuf ans. Il est majeur. Il peut t'emmener. C'est historique. Moi, j'ai rendez-vous avec mon éditeur.

Je ne peux pas annuler. » Suzanne, elle, n'avait pas réussi à retenir Ben. « De toute façon, je fuguerai si tu m'empêches d'y aller. » Hugh et Ben avaient pris le train, sans moi, transis de froid, et, près du Mur, avaient découvert des gens pleins de joie. Ben voulait « tout faire péter ». Il fulminait : « On va pas faire les moutons à Checkpoint Charlie, Hugh ! On n'est pas des touristes. On est ici pour démolir ! » Empêché par les milliers de gens attroupés, il avait fini par accepter une offrande. Un gars lui avait filé un bout du Mur. Ben l'avait chaudement remercié : « Toi, t'es quelqu'un. Je m'en souviendrai. » Hugh et Ben étaient rentrés chargés et épuisés.

À leur retour, Ben avait dormi avec moi. Dans la chambre du fond, nos matelas par terre. Toute la nuit, il m'avait parlé de son « frère », de leur voyage, de la confiance qu'il lui faisait. Je l'entends encore. La vie, c'est comme ça qu'ils la voulaient, en liberté et révoltée de gaîté.

*

En classe, Ben revenait sans cesse sur son voyage. Hugh avait été « tellement sympa ». Je connaissais ses mots par cœur. « Heureusement que Hugh parlait allemand. » Son « frère » lui avait expliqué « le rôle de Gorbatchev, l'abandon de la doctrine de Brejnev ». Comme lui, j'étais admirative, fascinée.

Adèle et Hicham, eux, trouvaient Ben insupportable avec ses leçons d'histoire. « La fin de la guerre froide, on a déjà ça au programme », « À Dam, OK, mais à Berlin, franchement, aucun intérêt ». Exaspéré, Ben s'en était pris à la prof qui venait de se moucher : « Grosse dégueulasse ! Vous me dégoûtez », puis avait quitté la salle sans y être autorisé.

Ben et ses sautes d'humeur, qui se multipliaient.

À partir de janvier, Ben n'est presque plus allé en cours. Chaque jour, je le voyais traîner au tabac du coin ou glander au parc avec une bande de gars que je ne connaissais pas. Il restait avec eux toute la journée, à picoler ou à fumer des joints. Le matin, Ben s'éloignait toujours avec un bouquin. À cette époque, il dévorait Brautigan. Il me regardait partir en classe et se moquait : « Bon petit soldat, K. »

1990. Ben n'écoutait plus que du hip-hop. Assassin, NTM, IAM, Ministère A.M.E.R. Fini le punk. Fin de la période destroy. Il adorait aussi les Américains. De La Soul, Public Enemy, plus tard The Notorious B.I.G. « Du gros son de mecs, ou de meufs en string, K. C'est pas pour toi. » En dehors de la maison, il ne me parlait presque pas.

1990. Je n'ai pas voulu savoir où Ben partait le soir. Je n'ai pas voulu voir qu'à la place des joints circulaient d'autres drogues, poppers et ecsta. J'ai souri pour chasser ma peur. J'ai joué les grandes. Ne rien savoir et tout comprendre. Aujourd'hui encore, je ne peux rien en dire. Je n'y connais rien. Je reconstitue. J'invente.

1990. Ben s'est dissous sous mon regard. Il a pris la fuite, pour m'empêcher de voir.

*

Dans la journée, Ben et Hicham montaient sur les toits. La technique, c'était Hugh qui leur en avait parlé : « Tu devrais essayer, bro. Avec mes potes, on a installé un canapé rue Froidevaux. »

Parfois, je les entendais se raconter leurs histoires. « On attendait en bas de l'immeuble. Des propriétaires nous ont ouvert. On est montés au cinquième. Y avait un cadenas pour fixer le velux. On a pété la barre de fer avec la pince que tu avais planquée, après, on a juste soulevé la vitre et on s'est installés. Tu m'as pas menti sur la vue. Le pied ! »

Ben expliquait aussi ses descentes dans les catacombes, les gens qu'il y rencontrait : « En bas, tous les codes sont redistribués. C'est pas la société. C'est poétique. Une autre dimension. On a tous une autre identité. »

La nuit, bombes et markers dans le sac, Hicham et Ben sortaient taguer sur tous les murs qu'ils trouvaient. AUREL, NABAL. Chacun avait trouvé son blaze.

Ben mentait à Xavier : « Je vais dormir chez Adèle. » « Chez Adèle ? Ah bah super ! C'est une fille, petit saligaud... Tu peux y rester le week-end ? » Hicham, lui, faisait le mur. Sa mère, en dessous, ne venait jamais vérifier.

C'est comme ça qu'ils s'étaient fait embarquer un dimanche, comme ça qu'ils s'étaient fait choper.

*

Sous l'effet des médicaments, je divague. Je parle seule. La voix de Ben se réinvite, elle se mêle à la mienne. Je la convoque pour me raconter l'histoire à moi-même.

Tout ça n'est rien. Ben qui dit « ciao ». Ben qui dort ailleurs. Il ne ment même pas, Ben. Il va vraiment chez Adèle. Mais après, à deux heures du matin, il retrouve Hicham.

Ben et Hicham. Deux petits bourgeois. Duo d'enfants, bagues sur les dents, bourrés d'acné. Tout ça n'est rien, sauf que là, 22 v'là les flics ! « Embarquez-moi tout ça ! »

Suzanne chez ses parents en Vendée, Ben sous la responsabilité de Xavier. C'est comme ça que Béa avait été réveillée en pleine nuit. Comme ça que je m'étais raidie dans mon lit.

Deux heures trente, le téléphone avait sonné. Ben avait donné le numéro de la maison. Béa avait pour mission de trouver Xavier, seul à pouvoir venir le chercher.

Quand Xavier avait débarqué au commissariat le samedi, il n'avait eu aucun regard pour son fils. En revanche, il était plein d'attentions pour les flics. Lui qui, en son temps, scandait des « CRS SS ! » était tout miel avec le commissaire : « Je vais appeler sa mère. Elle est incapable de le surveiller. Je suis vraiment fâché. » Ben s'était marré.

Dans ma transe, reflue la lâcheté de Xavier.

Un parc, la nuit, deux enfants de quatorze ans. Un parc, la nuit, une voisine qui appelle du renfort contre des adolescents aux desseins dérangeants. AUREL, NABAL. Gare du Nord, la nuit, deux adolescents qui font le mur. Débarquent neuf flics surarmés. Dos au mur, palpation. Aucune carte d'identité, évidemment. Un fourgon, des jurons. « Vous prenez du crack ? » Ben qui réplique : « Pourquoi ? Vous êtes de la police ? »

Dans mon lit, je ris.
Connards de flics.

Les flics avaient essayé de leur faire peur et Ben les avait détestés. Ils avaient poussé Hicham un peu plus loin, sur un banc. « Hicham ? C'est pas très français, ça. Quelle origine ? Tu viens d'où, sale bougnoule ? »

Ben s'était mis en colère. Il avait commencé à fredonner :

La France est un pays de flics,
à tous les coins d'rue y en a cent...

Les flics l'avaient collé au mur. « On va attendre un peu pour appeler vos parents. » Ben avait souri à Hicham, dents serrées, qui avait commencé à pleurer. Il avait donné le numéro de la maison. Il avait dit : « Béa n'est pas ma mère mais elle va venir me chercher. » Il avait dit : « Appelez-la. On va bien s'marrer. »

Ben était parti d'abord. Xavier était venu le chercher. La mère d'Hicham, elle, n'avait pas encore été réveillée.

Pour la première fois, Ben avait osé interpeller son père : « Et Hicham ?... On va pas le laisser là ! C'est tous des racistes ici. Ils vont le faire chier, papa. » Xavier l'avait attrapé par le col. « Dis donc, coco, j'en ai rien à foutre de ton pote, moi. J'ai du travail, figure-toi. »

Ben avait dû laisser Hicham au commissariat.

*

Mon cœur se soulève. La nausée m'envahit. Mon estomac se tord. J'impose, j'ordonne que les anesthésiants disparaissent. Je veux garder les yeux grands ouverts.

Sur les murs de la chambre, le dessin de notre chêne s'imprime. J'y grimpe. Au pied des cellules qui fleurissent, j'aperçois Ben, lui tends la main : « Monte, Ben, viens. » Nous nous élevons ensemble, nous cachons dans les branchages. Perclus d'une honte qui, pour un temps, nous rassemble.

La honte !
Pauvre Hicham, seul dans ce commissariat.

La honte.

La nuit, quand il rentrait, Ben avait des crampes. Il faisait des cauchemars. À son appel, je me mettais dans son lit et relevais le drap au-dessus de lui.

Je faisais déjà ça à Cadaqués quand on était petits. Le soir, il me demandait de le rejoindre pour que je le protège des moustiques. Combien de fois l'ai-je entendu pleurer et m'appeler : « K, y a des moustiques, viens, s'te plaît. » Quel âge avions-nous ? Sept ou huit ans sûrement. Exaspéré par le bruit, terrorisé par la nuit, Ben ne supportait pas de rester éveillé. Dès que je me couchais près de lui, il s'endormait.

À quatorze ans, Ben me demandait encore de le protéger : « Parle, s'il te plaît, raconte-moi une histoire, K. » Luttant contre le sommeil, je lui chantais les chansons de nos mamans :

Te raconter, enfin, qu'il faut aimer la vie
L'aimer même si le temps est assassin et emporte avec lui
Les rires des enfants.

Par mes gestes, mes mots, mes silences, petit à petit, je tentais de reconstruire notre monde. Dans mon immobilité, collée à Ben, je rassemblais nos pensées. Je nous ramenais à nos croyances, notre innocence. Ni garçon, ni fille, duo d'enfants uniques. J'éloignais de nous l'extérieur. J'essayais de nous consoler de la douceur qui disparaissait.

*

Mais tu es mort maintenant.

Cette eau dans la gorge, cet engloutissement, ce bourdonnement dans les oreilles, ce bruit de fond incessant. Je n'entends plus que ça. En ce milieu de nuit, c'est le chagrin qui chasse mon agonie.

Je suis seule. Barque de papier qui se détache lentement sur l'océan. Dans cet hôpital glacial, surgit ma voix d'enfant : « Je ne comprends pas. Alors il ne restera plus rien de nous ? Plus rien de toi ? Juste tes colères d'adolescent ? La seule question des filles et des garçons ? Qui racontera autre chose ? Qui nous racontera, toi et moi ? Qui dira la nuance ? Qui dira le sens ? Comment peut-on aimer autant et être si triste à la fois ? Comment puis-je être aussi meurtrie et revenir à toi malgré ça ? »

La peine me plie en deux. J'essaye de m'asseoir.

Ne plus m'arrimer à l'îlot de notre enfance. Affronter, divisée, les vents du temps. Rêver, isolée, aux mêmes étés. Exister seule, âme sans attache. Ça m'est insupportable. Les pires violences, les plus grandes marées, les plus tempétueux typhons, je les supportais, les acceptais, quand ils étaient encore la trace de notre espoir. Qu'est-il advenu de lui, aujourd'hui ?

Quel gâchis.

Mon chagrin se déchaîne.

Sans toi, il n'y a plus de poésie, pas d'ailleurs. Ne reste que des trajectoires, des carrières à la maman-papa. Sans toi, impossible de subir nos parents. Toutes ces pauvres âmes. Sans ta critique, je ne vais pas pouvoir. Le manque de toi n'est rien comparé au désespoir de vivre dans un monde dans lequel ton regard n'existe pas. Bien sûr, on avait notre histoire, bien sûr, on a nos souvenirs, mais ce n'est pas ça... C'est plus grand, c'est plus profond. Ta mort est une catastrophe, une errance. Un effondrement de l'espérance. L'anéantissement de tout désir possible. La fin de l'enfance.

Ta mort, Ben, c'est la beauté qui part. Dans tes rages, ton exigence. Dans tes rires, tes conneries, comme quand tu étais petit. C'est la beauté de la vie qui s'enfuit. C'est la beauté de ma vie qui finit. La lueur, l'énergie, le courage. La foi, la droiture. Ta complicité avec Hicham. Ta main dans celle d'Adèle. Ces points lumineux qui me sauvaient, me récupéraient quels que soient les vagues, la houle, l'orage. L'honnêteté, la naïveté, la simplicité. L'absence d'artifices. C'est ça qui s'en va. L'amer que je perds.

Savoir que quelque part, quel que soit ton état, quelle que soit ton humeur, tu vivais. Exigeant, bougon, chiant, mais loyal et intelligent. Savoir que, malgré l'affadissement des choses avec le temps, la traîtrise, le manque de courage des gens, ta colère persistait, impliquait la lumière, autorisait ma vérité… C'est comme ça que je tenais, Ben.

Quel gâchis.

IV

Cancer

Ma nuit est un soulèvement. Mon esprit se révolte. Ce lâcher-prise que l'on m'impose, ces drogues que l'on me donne, je les repousse comme j'aspire à leurs effets. Je tente d'empêcher la chimie de me noyer dans les larmes. Je me cabre. Aucun de mes muscles ne répond.

L'écho de pas dans le couloir bouscule mon affliction. Perce le bruit d'un micro-ondes que l'on actionne. De tasses que l'on pose. De placards que l'on ferme. Une vie qui soudain cogne. J'essaye de comprendre.

Depuis combien de temps l'infirmière est-elle repartie ? Je l'entends au loin. Elle parle fort. Elle rit. Ses mots, sans aucun sens, entaillent ma torpeur. Ils tranchent avec l'apesanteur dans laquelle le rappel de nos répliques m'a établie. Ils rompent la flottaison que m'offrent les souvenirs de nos âmes identiques.

Ces sons emportent mes remords. Clouée à mon lit, comme dans un cercueil, je contemple notre chêne.

*

Face à moi, une inscription apparaît : « Cellule. Division. Mutations. Points de contrôle. » Un plan en quatre étapes.

Soudain, les lianes de nos cellules eucaryotes se rompent une à une. À nouveau, je perçois le rythme des machines qui s'allument. Le vert, le rouge laissent place à des phares qui plongent mon cerveau dans un effarement.

Grandir à deux, c'est avoir un kaléidoscope pour mémoire. Ton reflet et le mien projetés sur des miroirs.

*

Comme les éclats d'une boule à facettes, nos années de lycée m'éblouissent. Malheureuses et fondatrices. Libres et violentes. Anarchiques et convulsives. Derrière mes yeux grands ouverts, clignotent nos portraits.

Tu apparais, je disparais.
Tu luis, je me dissipe.
Nous sommes un et divisés.
Nous sommes deux et différents.
Éloignés. Pervertis aussi.

Une licorne, ravie par la norme.

*

Je relis. « Cellule. Division. Mutations. »
Qui contrôle ?

Ben est parti à Barcelone au début de la seconde. Il a suivi Xavier, poussé par Elizabeth, qui l'y a inscrit au Lycée français. « Betty a raison. Ce garçon a besoin d'un père. On finira bien par calmer ses colères. »

Dans mon lit, je tressaille. Je serre les paupières. Ce souvenir-là, je n'en veux pas. Il fuse pourtant. Comme chaque fois. Je me raccroche aux inscriptions sur le mur : « Cellule. Division. Mutations. Points de contrôle. » Je lis tout bas. « Cellule. Division. Mutations. Points de contrôle. »

La veille du départ de Ben, on avait dormi à la maison. Dans la chambre du fond, les matelas par terre. Au début, on s'était parlé, collés. Et Ben avait caressé mon œil droit, du bout des doigts. « Allez, viens, K, on dort. »

Je tremble. Cellule. Division. Mutations. Points de contrôle. L'effroi écrase le manque. Les phares projetés dans ma chambre sidèrent ma mémoire. Cellule. Division. Mutations. Points de contrôle. Ils torturent ma culpabilité. Je murmure. Je râle.

Une douleur me tord le corps.

*

Hugh, resté à Paris pour finir la fac, a attendu que tu partes, Ben. « Tu dois être triste. On prend un café ? » Il m'a emmenée dans un bar, cocktails, vodka et champagne. Comme si j'étais habituée. Et puis on est allés à la maison. Je ne me suis pas méfiée. Mon corps, mes kilos. Notre « beau-frère ». Je n'y ai même pas pensé.

Ce requin m'a attaquée le week-end qui a suivi ton départ, Ben. Ce rat de plusieurs années notre aîné, cet « intime » majeur et vacciné. Ce proche exemple qui avait grandi avec nous, élevé par Xavier.

Ce type qui, toute sa vie, poursuivrait les femmes de son entourage, professionnel ou familial, célibataires ou maquées. Ce chien.

Paralysée de stupeur, je le revois qui s'approche de moi. Cette démarche qu'il a toujours quand il repère sa proie. Il ralentit. Son regard change. Il cligne des yeux, ne parle pas, sourit de ses dents entartrées.

Hugh m'a suivie dans mon lit, Ben. « Allez, détends-toi. Tu n'attends que ça. Je vois bien que tu me tournes autour depuis des années. Avec les seins que tu as. Tu vas pas rester vierge toute ta vie ? Tu seras prête pour la prochaine fois. »

Une initiation paralysante. Une fellation étouffante. Un cunnilingus qui dégouline pendant des heures. Ce chien a même voulu me sodomiser. Il a tout essayé. Une baise au secret imposé. De quoi vous dégoûter à jamais, vous envoyer chez le médecin dès le lendemain. Blessée, abîmée, pour des années.

Mon corps se crispe. Aveuglé par les lumières des phares.

Je n'ai pas lutté, Ben. Je n'ai pas compris. Comme mes parents me l'avaient appris, je me suis glissée dans son désir à lui, je l'ai fait mien, me suis convaincue que c'était ce que je voulais. Pour me protéger, mon cerveau s'est réfugié dans ce que l'on m'avait enseigné : adhérer à la prédation, seul gage de liberté.

Pendant que je le laissais faire, des phrases m'arrivaient en rafales : « Ne bouge pas, ne crie pas. Il va falloir recommencer. » Cette douleur de lame. « C'est le plus intelligent qui cède. » J'ai fini par suivre les conseils de ma mère. « Bon ben comme ça, ce sera fait. » J'ai gardé le silence. « Tu ne viendras pas te plaindre… » Promis, papa, je me tairais. « Bon petit soldat, K. »

Mes poumons se bloquent.

Ce cauchemar revient toujours de la même manière. Je déroule le film, projette ce qui se passe dans ma tête au moment où. Plan serré, on voit le chien, les doigts dans cette fille qui ne l'a jamais fait, sa langue dans sa bouche, sans qu'elle n'ait rien demandé. Son corps que, depuis des années, elle protège des idées de sa mère. Du mépris de son père. Précision de la scénariste à la réalisatrice : « Attention, ici, on reste sur l'effroi de l'actrice. On filme ce qu'elle ressent, elle, profondément. Pas l'excitation du type, pas la bite du chien, pas de pulsion, pas de plaisir. Tout ça, on laisse au cinéma de papa. »

Plus de trente ans après, le scénario est le même, la bobine n'arrête pas de tourner, les questions n'ont pas cessé. Pourquoi j'ai cédé ? Ces histoires-là ne s'arrêtent pas. Jamais.

Dans mon lit, mon cerveau se détache de mon corps meurtri.

J'essaye de raisonner, prisonnière de ce passé.

J'avais quel âge ? Quinze ou seize ans. Et lui ? Vingt, vingt et un.

J'entends ma mère : « Ne fais pas ta mijaurée ! »

Il est de la famille, il m'a connue avec mes dents de lait.

Il m'a vue petite fille, m'a appris le *Monopoly*.

C'est le « frère » de Ben, notre « beau-frère ».

Béa hurle : « Il n'y a pas de famille ! Surtout pour les filles ! »

Dans ma tête, ne circulent que leurs mots, inappropriés.

Les mots de Béa et François, ceux qui minimisent, ridiculisent.

Ceux qui disent « importuner » au lieu d'« agresser ».

Ceux qui disent : « Je ne me suis pas débattue. Tout est ma faute… si jamais ça se sait… j'ai tellement honte… Pauvre chien, lui aussi a été mal dressé. » Dans ma tête, s'inversent les responsabilités au moment même où je suis attaquée, surprise, moralement contrainte, dominée.

Élevée comme je l'ai été, je l'ai nécessairement cherché.

Je repars en arrière.

Pendant que mon cerveau s'active furieusement, le chien me chuchote un diagnostic embarrassant : « Tu es trempée, tu m'attendais. » Question d'appréciation, de méconnaissance profonde. Un trophée autodécerné, une analyse erronée. Moi, qui n'y connais rien, j'engrange une leçon d'emblée : avec leur sexe aussi, les hommes s'attribuent la paternité de victoires qu'ils n'ont pas remportées.

Sa peau moite, ses dents dégueulasses, ses gestes d'obsédé, son œil avide de gratitude. Tout de suite, il me dit : « Ce qui est bien, c'est que je resterai pour toujours dans ta vie. » Quel con, le pauvre. Pauvre con. J'abandonne. « C'est le plus intelligent qui cède. » Pas su comprendre. Pas su résister.

Film de merde. Industrie de la violence. Domination d'obsédés. De génération en génération. Aujourd'hui, le dégoût recouvre ce qui m'apparaissait alors comme une fatalité.

Après cela, ce chien a défait mes draps avec calme. À nouveau, le sang a été convoqué. Le requin a pensé à tout cacher. Il a ajouté : « Ne le dis à personne. Surtout pas aux parents. Surtout pas à Ben. Tu promets ? On est « frères », lui et moi. Tu vas lui faire de la peine. Tu vas gâcher notre lien et je ne te le pardonnerai jamais. » Il a ajouté : « C'était bien. Tu seras une bombe sexuelle. Je reviendrai. »

C'est ce qu'il a fait pendant des mois, des années. Des visites qui m'ont appris le mépris de mon corps et la haine de moi-même, sans que longtemps je décide de l'empêcher.

Je me suis sentie traître, sale, coupable. S'est imposé à moi un avenir de silence où même notre langage n'a pas suffi à me faire revenir à moi-même. Toi à Barcelone, moi à Paris. Toi conquérant, moi anéantie.

Ce jour-là et les autres aussi, c'est moi que ce clébard a divisée. J'ai eu tellement peur, Ben. Peur de te perdre. Je craignais de te dégoûter. Tu aimais tellement ton « frère ». Et moi, ton âme, te protéger était ma responsabilité.

J'étais seule, Ben. Je ne pouvais compter ni sur Béa ni sur François pour me sortir de là. Et toi non plus, tu n'étais pas là.

Quand j'y pense aujourd'hui, je me dis que le mécanisme de contrôle a dû s'enrayer à ce moment-là.

Je relis : « Cellule. Division. Mutations. Points de contrôle. » Le dédoublement de notre cellule initiale a provoqué des mutations que les points de contrôle n'ont pas repérées. Sur nos cellules identiques se sont greffées des erreurs irréparables. Un silence. Une immortalité.

Le cancer a commencé là, Ben.
Tu devenais un homme.
Et l'on m'a prise pour femme.

Dans cette chambre d'hôpital, ma conscience me tire vers une terreur que je connais par cœur. Elle m'impose de questionner la faille. La honte est tapie sous le bandage. Elle parcourt mon thorax. Derrière ce pansement qui ne cède pas, se niche le dégoût. Ce garrot jugule mon intégrité. Un tuyau relie mon aisselle à cette poche qui bientôt sera remplie d'un liquide auquel personne n'a envie d'être confronté. Du sang, des humeurs. Ma culpabilité, la peur.

Les requins font disparaître les âmes, Ben. On apprend à s'adapter. On apprend à faire semblant. À sourire quand on est triste. À mentir tout le temps. On devient l'ombre de soi-même. On se transforme à jamais.

*

Je récite. « Cellule. Division. Mutations. Points de contrôle. »

Comme une incantation.
Pour sortir de ma torpeur.
Chasser la terreur.
Retrouver la raison.

Comme quand on était petits, pour les vaccins, il a suffi que tu ne voies rien. Pendant toutes ces années, j'ai réussi. J'ai fait semblant. Une grande fille, je te dis. Quant à toi, tu as suivi ton destin, tu as endossé le rôle distribué par nos parents. Tu as muté en garçon indifférent.

À quinze ans, Ben a suivi son père. Il a adoré la suffisance des types qui l'entouraient, celle de Hugh et Xavier. Il a tout copié, tout calqué. Des années de bonheur, de luxe et de facilités. Loin de la vie qu'avec Suzanne et Béa je menais. Des années, choyé à l'étranger, dans un milieu encore plus privilégié.

Cellule. Division. Mutations. Points de contrôle.

À quinze ans, j'ai perdu ma propre trace. Ben à Barcelone, c'est moi qui me suis éloignée des autres. J'ai semé le chemin d'embûches pour qui voulait me trouver. Je me suis cachée. Ma meilleure planque a été de me maquiller. J'ai souri. J'ai ri. Même pas peur. Même pas mal. Une grande fille.

Avec le temps, mon système immunitaire s'est réveillé, s'est mis à lutter contre moi-même. Il a effacé ma mémoire. Celle du lycée et des années d'après.

Cette nuit, comme chaque jour depuis, la terreur revient. Des voix me hantent. Elles dénaturent mes souvenirs. Elles m'instruisent à coups de trique.

*

Grandir à deux est une expérience unique. Celle d'un émiettement progressif. Pas du corps. De l'âme. De la cellule initiale.

Marcher seule, penser seule, manger seule, se lever seule, se coucher seule. Vivre seule, c'est trop tard qu'on apprend. Le progrès est à rebours.

Grandir à deux n'est pas construire, mais déconstruire tout le temps.

Mes yeux accrochent les aiguilles d'une horloge sur le mur. Pas sûre qu'elle soit à l'heure. J'entame un décompte intérieur. Celui des minutes puis des secondes, au rythme des machines qui scintillent. Tenir, tenir, tenir. Encore quelques heures.

À côté de moi, dans un lit comme le mien, une femme se tait. Lentement je prends conscience de sa présence. Nous sommes deux dans la chambre. Qu'est-ce qu'elle fait là ? J'entends qu'elle ne dort pas. Je perçois son souffle. J'essaye d'y greffer le mien.

Inspire, souffle, inspire, souffle.

Cette respiration agrège ma mémoire. Elle nous sépare. Chaque bouffée te montre, me fait voir. Dans le souffle de cette femme, tu m'apparais encore.

Insupportable et rare.

*

Inspire.

Ben est rentré de Barcelone, au mois de juillet. Trois ans après.

Le bac passé, il m'a rejointe au Centre hospitalier de Maison-Blanche. Adèle y était enfermée.

Ses parents disaient que les médecins cherchaient la maladie qu'elle avait. Sans doute, un trouble bipolaire, un mal répertorié. Ce diagnostic leur suffisait. À croire qu'on n'a pas le droit d'être triste au pays du clergé.

À l'HP, Adèle sortait dans le jardin. Fumer une clope pour respirer. Adèle était pâle. Adèle était calme. Ses médicaments la rendaient fuyante. Elle parlait tout bas mais nous accordait, de temps en temps, les sourires lumineux dont elle avait le secret.

Sur la pelouse dégueulasse de cet endroit sans âme, Adèle avait dans le regard une tristesse qui s'abattait comme un torrent. Elle disait qu'elle était bien, là, qu'elle ne voulait pas retrouver ses parents. Et Ben faisait des blagues. Il continuait de se détacher.

Quelques mois plus tard, Adèle était envoyée en Normandie pour se retaper, chez une vieille tante, à l'air frais. C'est là qu'elle est morte. Adèle, complètement shootée aux médicaments, droguée sur prescription, a été retrouvée noyée dans un lac, à quelques mètres de la maison.

Dix-huit ans.

Privilégiée, mais désespérée.

*

Souffle.

Cette année-là, j'ai emménagé rue d'Alésia, dans une chambre de service que ses parents prêtaient à François. J'y ai commencé des études de biologie.

À cette époque déjà, je ne sortais pas. Abusée par Hugh qui, sans cesse, me relançait, convaincue par Béa qui me rappelait la nécessité pour une femme d'avoir une indépendance, un bon métier, je préférais rester sage, de mon côté.

Ben et Hicham, eux, se sont installés rue Lecuirot, tout près. Ils louaient un studio qu'ils finançaient au moyen de petits boulots et avec l'aide de Xavier.

De temps en temps, l'un ou l'autre découchait. Ils pouvaient aussi passer des soirées à se raconter leur vie. Erzerum qu'Hicham rêvait de visiter, les « meufs » que Ben « avait baisées ». Ils parlaient peu d'Adèle, mais n'arrêtaient pas d'y penser.

Quand Ben sortait, Hicham dormait avec moi, rue d'Alésia. Ça rassurait Béa, qui s'inquiétait de mon célibat. Ma mère qui continuait de m'invectiver : « Il te baise au moins, ce con-là ?! Tu sais ce que j'en pense, K. Rien de pire qu'un mec qui ne vous baise pas. » Ma mère qui me répétait dès qu'elle me voyait : « Fous-toi de la fidélité, des mariages parfaits. Méprise les femmes enfermées. »

Pendant que Ben jouait les durs avec les filles, je retrouvais Hicham en soirée, au café, au cinéma. Faire l'amour, ça, aucun de nous n'y aurait songé. La tendresse que j'avais pour lui excluait le sexe dont je me protégeais.

Ces nuits-là, je vivais de la profondeur d'Hicham. Je vivais de l'authenticité de ses larmes. Hicham était doux, attentionné. Il adorait s'endormir à mes côtés. Jusqu'au matin, il me serrait dans ses bras. Odeur de pull mal lavé. Foulard noué. Moi, contre lui, je savourais la liberté de ne pas être une femme à ses côtés.

*

Inspire.

D'Hicham, je ne me suis jamais méfiée.
C'est pour lui que je me suis inquiétée.

En deuxième année, Ben et moi l'avions rejoint à une soirée. Après une vodka, Hicham m'avait proposé « un taz, K. Tu devrais essayer. Prends-en un, s'il te plaît ». Autoritaire, Ben s'y était opposé : « Laisse-la, Hicham.

Ça va pas ? » Il s'était tourné vers moi et m'avait souri. « Pas au petit soldat. »

Cette nuit-là, à Hicham, j'avais simplement dit : « Non. J'ai peur. » Mon corps, je ne pouvais pas le lâcher. « Je préfère me protéger, rester sur mes gardes. » En peu de mots, par mes regards, il m'avait semblé saisir mon inquiétude, prendre la mesure des scénarios violents qui, depuis le lycée, m'envahissaient. Pas besoin de lui expliquer.

Cette nuit-là, je m'en étais remise à lui et on avait dansé toute la soirée.

Après m'avoir écoutée, Hicham s'était collé à moi, il m'avait prise dans ses bras. Il m'avait câlinée et longuement réconfortée : « T'en fais pas, K. On est plus forts que ça. » Il avait ri aussi, m'avait raconté son trip, « un jour, j'espère que tu sauras en profiter ». Et puis, tout doucement, enfin relâché, désassigné, c'est vers un garçon qu'il avait eu le regard tourné. Petit à petit, je l'avais senti s'alléger. Sur un beat de « Da Funk », l'électro de la French Touch qui cartonnait, j'avais assisté, fascinée, à un déluge de sensualité. Doucement, j'avais murmuré : « Allez, Hicham. Vas-y. Arrête de te cacher. Pas avec moi. » Il s'était raidi : « Non », et j'avais vu immédiatement la douleur le transfigurer.

Années 90. Quand on était homosexuel, on était encore pédé, quelle que soit l'hypocrisie de nos parents libérés. Années 90. Tous continuaient de chanter :

Qu'on est bien dans les bras
D'une personne du sexe opposé…

*

Souffle.

À cette époque, Hicham était en prépa scientifique. Il voulait devenir ingénieur pour construire des puits en Afrique. Il rêvait de travailler dans l'humanitaire. Peut-être, retrouver son père.

Ben, lui, était inscrit en DEUG à l'Université. Il y étudiait le théâtre, et remplissait ainsi la condition fixée par Xavier pour l'aider à financer son loyer.

Comme Hicham, Ben projetait de faire des voyages et prenait tous les jobs pour se les payer. Livreur, déménageur, veilleur de nuit dans des hôtels pourris. Délaissant ses études, il économisait.

Rue Lecuirot, leur vie, invariable et anarchique, était un rituel de bordels.

Le jour, Hicham et Ben vivaient dans une insouciance que je fuyais. Les cendriers n'étaient jamais vidés, les bouteilles et canettes rarement débarrassées. Lancer une machine, faire les courses, vérifier les factures, rien de tout cela n'était fait. La plupart du temps, Ben faisait des allers-retours chez Suzanne à laquelle il demandait, sourire surarmé, de tout démerder.

Le soir, l'appart était squatté. Filles, garçons, filles surtout, ça défilait. Lecture, musique, jeux vidéo, joints, d'autres dopes sans doute. Ben et Hicham commençaient à picoler dès l'heure du déjeuner.

Les rares fois où je les y rejoignais, je tentais de discuter avec Hicham, et rentrais inquiète et fatiguée. Ben, ivre, n'arrêtait pas de me chambrer : « Alors, médecin ou avocat ? Bon petit soldat, K. Allez, reste un peu. Sois pas si vieux jeu. »

Trop occupés par leur carrière, ni Xavier ni Béa, et encore moins Suzanne, qui retournerait vivre à Luçon un an plus tard, n'étaient capables de voir que Ben s'abîmait.

Pour moi, il inventait des histoires : « J'ai rencontré une meuf, K. Elle est tellement bonne, si tu savais ! » Puis, pendant des semaines, il disparaissait.

*

Inspire.

Ben et Hicham sont partis l'année d'après. Thaïlande, Cambodge, Vietnam… Ce périple, c'est Ben qui l'avait choisi. Renonçant à sa prépa, Hicham l'a suivi.

Des grandes capitales, les garçons m'envoyaient des photos en guise de cartes postales. J'en ai retrouvé une avant d'entrer à l'hôpital. Elle est là, posée sur ma table. Je la regarde.

Cheveux rasés, pantalon chinois bleu, tee-shirt, baskets aux pieds, Hicham et Ben sont assis devant un temple. Ils sont fins, élancés. À vingt-deux ans, ils ont chacun l'air d'un enfant, leur air que je chéris, celui que j'aime tant.

Sur la photo, Hicham, P'tit Gibus sans âge, est d'une candeur absolue. Il semble fatigué. Une main sur les épaules de son copain. Ben, plus imposant, rayonne. Un truc dans ses yeux, son truc à lui. Ben, sur cette image, sourit. Il illumine. Sa douceur d'enfant le parcourt jeune adulte, plus du tout adolescent. Chèche sur la tête, ses yeux verts transpercent son visage. Il est celui d'hier. Mon frère.

Hicham, à leur retour, m'avait raconté leur voyage.

Au début, tout avait été parfait. Ils avaient beaucoup bougé, en stop, en bus, comme ils pouvaient. Aux dires d'Hicham, Ben et lui parvenaient à tout lier. Rencontrer des gens et s'enfermer. S'ouvrir aux autres et rester dans leur intimité. Au Vietnam, les gars du coin les appelaient les « *same same brothers* ». Dès qu'ils débarquaient quelque part, c'était comme ça qu'on les appelait : « *same same* », « *same same* ». Ça les rendait heureux. Ils aimaient bien qu'on les confonde tous les deux.

J'écoutais Hicham. Je les imaginais ensemble. Lisant, discutant. Dansant. Comme dans sa chambre, quand on avait douze ans. Ben aidant Hicham à lâcher la pression. Comme à l'adolescence, sur les toits ou au commissariat. Ben savait faire ça. Il a toujours su faire ça avec Hicham. Faire péter les barrages. Être tendre. Accompagner les descentes.

*

Sur ma table de nuit, je retourne la photo pour relire les mots de Ben.

Hanoï, le 18 juin 1997
Carte postale de Ben à K

K, ma K,
Qu'est-ce que tu fous ? Toujours au régiment ?
Je pense à toi.
Ben

Pendant ce voyage, Ben et Hicham avaient fini par essayer la came. La vraie. Opium, héro, ce qui venait. Ils avaient passé de longues soirées, de longues journées, à vivre autre chose, à « chercher de quoi se trouver ».

Hicham était terrorisé à l'idée d'acheter de la dope, alors les deux s'étaient mis d'accord. Deal : « Un aller-retour contre une lessive », « Tu vas pécho et j'te fais à bouffer ». Ben trouvait les dealers, cherchait les bons plans. Et Hicham entretenait ses affaires.

Trip après trip, ils n'avaient plus eu un radis, avaient logé chez l'habitant et fini par ne plus pouvoir se supporter.

À leur retour, Hicham m'avait aussi rapporté leurs engueulades. Certains jours, tout y passait. La politique, la manière de lacer ses chaussures, l'organisation de la société. À la fin du voyage, tout l'inquiétait. Leurs changements de trajet au gré des coups de cœur de Ben. Son inertie aussi. Cette capacité à picoler pendant des heures avec des étrangers. Et ses coups de gueule soudains.

*

Souffle.

Ben a vécu à cent à l'heure les dix années d'après.

Quel que soit le moment de la journée, quel que soit l'état dans lequel il était, il enfourchait sa moto pourrie et partait rouler trop vite dans les rues de Paris. De temps en temps, il insistait pour venir me chercher : « Ça va, on va pas loin. Mets mon casque, moi c'est pas grave. Les poulets me connaissent et j'ai un excellent baveux qui connaît bien ces messieurs. » Ben avait des emmerdes avec les flics, le fisc, les patrons pour lesquels il bossait.

Où qu'il se rende, Ben provoquait des bastons. Il entrait adorable dans les bars, les restaus, les soirées, et en ressortait plein de violence, viré. Souvent, il se jetait sur une fille, tentait de l'embrasser et se battait avec les types qui la défendaient. Parfois, il engageait des discussions politiques, déterminé à contredire systématiquement tout ce qu'on lui opposerait. Ben n'a jamais voté. Longtemps qu'il avait abandonné nos manifs, dégoûté par le parisianisme et les potes de Xavier.

*

Inspire.

Les souvenirs me plaquent contre le lit. Me reviennent en mémoire des moments que j'ai mis des années à effacer. Me parviennent des images de Ben qui, pour moi, ne lui ressembleront jamais.

Le soir de ses trente ans, j'étais allée le retrouver pour un apéro dans le quartier. Après deux cognacs, il s'était levé : « Viens. On rejoint Achille. Ce con est devenu conseiller politique, tu sais... Ce mec trouve que t'es vraiment pas bonne. Pourtant, j'arrête pas de lui dire que t'as maigri. » Ben, authentique, méchant aussi, riait. « Allez, t'inquiète pas, K, t'es beaucoup plus bonne que la plus bonne de mes copines. Je t'embarque, on va dans un appart de gros bourgeois, tu vas voir. Ça nous rappellera nos papas ! Allez, juste boire un verre. Faut que je te présente un type. Le gars a été mon psy quinze jours. Il est complètement fou. Viens avec moi. J'ai pas envie de te quitter. Tu vas kiffer. » On avait débarqué rue des Lyonnais, dans un salon rutilant, où Achille avait accueilli Ben dans une complicité que j'avais tout de suite détestée. Le psy sniffait sur la table, les dealers pullulaient. Le conseiller régnait.

Ce soir-là, en voyant Ben endormi par Achille, j'ai commencé à réaliser. La mutation cellulaire avait envahi nos vies. Le cancer allait gagner. Il imposerait sa réalité. Avant cela, je pouvais encore m'inventer des histoires, rester dans nos BD. La terreur du service militaire, des chevilles foulées sur nos rollers, les gars que Ben devrait affronter en collectivité. Mais en le voyant confondre désir et addiction, en le voyant céder à la violence, j'ai su qu'il en mourrait. Ma peur a rejailli. Elle a pris de nouveaux traits. Dans cet appartement de deal, c'est pour moi que je me suis inquiétée.

Ce n'était pas le danger dans lequel Ben se mettait qui m'effrayait, mais la peine que j'allais devoir affronter.

*

Souffle, souffle, souffle !

Le chagrin laisse place à la colère. Je suis engloutie par la rage. Bien réveillée.

Je hais ces gens, Ben. Ils ne sont pas mieux que ceux dont je m'entourerais. Ceux qui te tirent vers le bas, te font dégringoler. Ceux qui viennent abattre l'enfant en toi, lui laissant croire qu'il va continuer à s'amuser.

Ces gens sont comme nos parents, Ben, bêtes à crever. Méchants, minables. Tous ces soi-disant brillants, ces soi-disant érudits avec lesquels tu te vantais de passer tes soirées, eux aussi sont des fils à papa. Ils ne valent pas mieux que François.

Ils t'ont fait du mal, Ben. Ton envie d'en découdre les a divertis. Mais ils ne t'ont jamais compris. Tu les as amusés mais, chez toi, ils ne sont rien allés chercher. Ils n'ont pas vu la beauté qu'ils détruisaient. Ils se sont amusés de ton intensité, de ton envie de vivre. Jouer les ados passé vingt ans, faut être sacrément privilégié.

Quand tu es mort, je les ai entendus parler, Ben. Ils t'inventaient une histoire. Croyant te célébrer, ils racontaient justement la part de toi que tu fuyais. « Ben, ce fils de Xavier », « Ben, ce gros glandeur », « Ben, cette violence, ce type avec lequel tu ne savais jamais comme allait se terminer ta soirée ».

Je hais ces gens, Ben. Je ne les laisserai jamais mettre leurs sales pattes sur le petit garçon que tu étais, qui suçait son pouce dans mon lit, le super danseur, le cow-boy juché sur son poney. Ils se sont servis de tes fragilités, Ben. Et toi, tu n'as jamais tenté de leur échapper. Tu as toujours pensé que c'était ce que tu méritais.

Tragédie ou facilité.

De mon côté, j'avais rencontré Charles. Un ancien médecin, fils d'aristos sans idéaux. Malgré les critiques de mon père qui ne comprenait pas mon attachement au service public, j'étais docteure en biologie cellulaire, fière d'enseigner à l'Université. En dehors de cet univers, je m'intéressais peu aux métiers que les gens se donnaient.

Après des mois de harcèlement par mails, SMS, messages, de fleurs, de cadeaux, j'avais fini par accepter l'invitation de ce fils de bonne famille, de dix ans mon aîné. J'avais laissé Charles me séduire. Je m'étais fondue dans son désir. Sans aucun égard pour la femme avec laquelle il vivait.

Directeur de laboratoire pharmaceutique, Charles jouissait tranquillement du népotisme dans lequel l'entregent de ses parents l'avait installé. Amusant, il prétendait sérieusement avoir mérité la situation professionnelle dans laquelle il se trouvait. Il ne s'interrogeait pas. Sur lui, sur les autres. Jamais. En paix avec le monde, il donnait l'impression d'avoir réponse à tout sans n'avoir jamais rien pensé. Je trouvais sa compagnie reposante, rassurante. Vivre comme lui me paraissait moins épuisant que de me perdre dans mille questions, tout le temps.

Le soir où il m'avait invitée à dîner, j'avais beaucoup ri de ses analyses. Moins le médecin connaissait les sujets dont il parlait, plus il déroulait. Charles ne s'imposait aucune exigence, ni intellectuelle ni physique. Séducteur, bavard. Il ressemblait trait pour trait aux mecs que Béa m'avait toujours présentés. À qui aurait-il bien pu plaire ?

J'étais en sécurité.

La nuit même, Ben m'avait envoyé un message : « Allez hop, K ! Allez hop, un gros bourgeois pour le petit soldat. »

*

La femme d'à côté remue dans son lit. Mes grognements la dérangent. Elle s'agite au rythme de mes mouvements. J'essaye de retenir mes sons.

À force de messages de Ben à n'importe quelle heure, j'avais fini par mettre mon portable sur silencieux et j'avais changé le nom que je lui donnais. Alors que je n'avais rien à cacher, je préférais le prénommer

« Emily », et prétendais qu'il était une collègue de la fac avec laquelle je travaillais.

Dans la journée, sur mon portable, son nom s'affichait : « Emily ». Quand Charles partait en congrès, nous passions de longues heures au téléphone. Ben posait des questions sur tout et n'importe quoi, m'engageait à aller voir tel film, à lire tel livre. Il discutait de Suzanne et de Béa, mais jamais de Xavier et François. Depuis longtemps, il avait clos le débat : « Ton daron est un gros con. Le mien ne m'aime pas. » Pour quelques instants, nous nous retrouvions enfants, comme avant.

Le soir aussi, Ben insistait : « Barre-toi de là, K. C'est quoi cette vie de bourgeois ? »

Au cœur de cette nuit de cauchemar, je me débats. La femme à côté de moi me parle. Sa colère à elle est bien réelle. « Pas question de se laisser faire. » J'entends sa voix monter. Elle me guide : « Je t'entends. Demande un calmant. Tu y as droit. Ne te laisse pas angoisser comme ça… » Elle sonne, réclame pour moi. « Crois-moi, si tu ne fais rien, ils ne t'aideront pas. »

Mon cerveau mélange les voix. Celle de cette femme se fond dans celle de Ben. « Arrête tes conneries, K. Stoppe ce putain de calme ! »

*

Tu m'épuises, Ben. Tais-toi. La personne dans la pièce, c'est toi ? Cette femme, là, c'est toi ? Tu me parles ? Tu es malade ? Je ne comprends pas. Répète encore. « Un gros bourgeois » ?

« Un gros bourgeois », tu veux dire quoi ? Comme toi, dans ton lycée d'Espagne sans moi ? Comme toi, prétendu anar, qui ne penses qu'à toi ?

Respecte les gens, Ben. Arrête de te la péter révolutionnaire ! Ne tente pas de te confondre avec ce que tu n'es pas. Bientôt tu vas nous raconter que, loin de ressembler à Charles, le prolétaire c'était toi.

¡Ya basta!

Qu'est-ce que tu attendais de moi, Ben ? Qu'est-ce que j'aurais dû faire ?

Tu voulais que, comme toi, je demeure prisonnière du discours de Béa ? Toi qui aimais tant le sens critique de ma mère, tu as vraiment l'impression qu'elle est restée cohérente dans ses combats ?

Ma mère a fini avec un gros bourgeois pire que François, Ben. Quant à toi, tu t'es enfermé dans un individualisme qui mène à la mort et tu ne l'assumes même pas.

Dès que tu me voyais, tu me jugeais : « Trop courte la robe, trop maquillée la fille, trop chaude, bon petit soldat. » On aurait dit François et Béa à la fois.

Sauf qu'à sa décharge, et contrairement à toi, ma mère n'a pas eu le luxe de se sniffer un petit rail ou de jouer à la Game Boy pendant que François faisait son repassage. Elle n'a pas pu s'offrir la liberté de se dire intellectuelle juste en lisant des bouquins que son père lui avait prêtés. Elle a bossé, gagné sa vie, élevé un enfant, tenté d'échapper à la domination. Elle a fait ce qu'elle a pu. Ce qui n'est pas ton cas.

Tu m'énerves, Ben. Laisse-moi tranquille. Arrête de me juger.

Et puis tu saoules tellement avec ta jalousie à deux balles. Qu'est-ce que tu n'as pas compris ? En quoi mon lien à Charles était-il plus enviable que celui que nous avions toi et moi ? Ouvre les yeux, Ben. Toi, maintenant. Ouvre les yeux. Arrête d'essayer de fermer les miens. Par tes caresses ou par tes engueulades.

Qu'est-ce que tu voulais pour nous, Ben ? Que je t'attende ? Que je fasse de toi mon bonhomme ? Celui des contes de princesses et de leurs romances ? Femme de marin patientant sur le quai que son soûlard de mari rentre au bercail ? Jamais, et c'est ta chance, je ne t'ai aimé comme ça. La Belle au bois dormant, Roméo et Juliette, désolée mais très peu pour moi.

Tu étais mon frère, Ben. Ma moitié, mieux que moi-même.

Mais, s'il te plaît, épargne-nous les conneries de ceux qui veillent sur leurs sœurs comme s'ils en étaient propriétaires ! Mon corps, ma vie, mon âme, rien n'était à toi. C'est comme ça. Quelle que soit la place qu'elles occupent dans vos vies, les femmes ne vous appartiennent pas.

Tu étais mon frère, Ben.

Mais je n'étais pas le tien.

Caïn et Abel, rien à carrer. Jamais de la vie. Étéocle et Polynice. Rémus et Romulus. Les frères ennemis. Pas intéressée. Merci. Me battre contre toi, pas le temps. Je n'avais aucun besoin de ça. C'était ta chance, Ben, et tu ne l'as pas compris.

J'étais ta sœur, Ben.

Pas ton frère, ta sœur.

Et la différence est là. Prendre soin, se soucier, être là. Rire ensemble, pleurer aussi. Maintenir un endroit dans ce monde où les rapports verticaux n'existent pas. Vivre à l'horizontal. Se mettre à la place de l'autre, tenter de le comprendre sans s'approprier ses combats. En mode Thelma et Louise, tu vois ? C'est ça que tu aurais pu incarner pour moi. Hicham et Adèle, eux aussi, attendaient ça. Pas une histoire de mectons à la noix.

Les romances détruisent les femmes, Ben. Et vos fratricides nous épuisent.

Alors, tu as réfléchi, Ben ? Tu proposes quoi ?

Moi aussi, j'aurais voulu une Antigone.

Et tu ne l'as jamais été pour moi.

Ce bandage m'éventre, il transforme mes côtes. Je les sens comme des dents. Des crocs pointus qui, à chaque respiration, percent mes organes. J'essaye de me souvenir. L'estomac, le foie, la rate. Je me demande ce qui bientôt explosera.

J'étouffe. J'appuie, je signale. J'appelle une infirmière. J'explique : « Je ne veux plus de drogue. Je veux respirer. Seulement ça. » Je montre : « Mon nombril, juste le bas de mon ventre. Découpez le bandage. C'est tout ce que je vous demande. Je veux que cet étau se desserre. Faites-moi confiance. Juste un coup de ciseaux. C'est ça qu'il faut : me libérer de ce lien. Coupez là, s'il vous plaît, là, coupez. » Mon regard croise la détresse du sien. « Je suis désolée. Il faut que ça reste comprimé. » J'enrage. L'infirmière repart : « Je n'ai pas le droit. Je ne peux rien. Il va falloir attendre le médecin. C'est lui qui décide. Sans lui, je ne peux rien. Il viendra dans la journée. » Cette soumission me coupe le souffle. Des uns comme des autres, nous sommes prises au piège.

L'infirmière repart.

La femme d'à côté se lève. « Ça suffit. Il n'y a aucune raison de souffrir comme ça. »

C'est elle qui découpe le bandage.

Tu vois, Béa ? C'est elle.

*

Libérée, je reviens à moi-même.

Sam est né un 8 janvier.

Dans cet hôpital où l'on vient de me retirer le sein, je repense à la naissance de mon bébé. Sam, dont je n'ai pas demandé le sexe avant l'accouchement. Sam, fille ou garçon, fille et garçon, un bébé seul, unique enfant.

Quelle étrangeté. Me transformer en mère, sans Ben. Devenir père, après Xavier, lui ne se l'autoriserait jamais.

Ce 8 janvier, à dix-huit heures vingt, Ben m'avait envoyé un message :

Ce bon vieil Hicham est mort, K.
Ce con s'est tué.
PS : Une daronne ? T'es folle !

Quelle violence, Ben.

Sur le mur devant moi, ton image s'efface.
Tu te caches.

*

L'interphone, l'interphone, l'interphone. Neuf mois après la mort d'Hicham et la naissance de Sam. Charles n'était pas là.

L'interphone, l'interphone, l'interphone. On aurait dit de la glu. Quelqu'un devait avoir le doigt collé dessus. C'était un matin vers sept heures. J'aurais dû être en train de me lever, de m'habiller, de me préparer. J'aurais dû m'apprêter à prendre le métro, à aller bosser. J'aurais dû bientôt être obligée de parler, de faire semblant, de m'affairer.

J'aurais dû être en train de me déguiser en animal social, mais là, je dormais. Je m'étais rendormie. Dans la douceur de mon bébé. Sam et moi étions dans mon grand lit, collés. Sam était sur un côté, face à mon sein, un pied sur mon ventre que, pour sa naissance, on avait découpé. On dormait.

L'interphone, l'interphone, l'interphone. J'avais fini par comprendre que l'on sonnait. Je m'étais levée, m'étais précipitée, j'avais espéré que Sam ne soit pas freiné dans ses rêves, qu'il continuerait de se laisser porter. J'avais décroché, à moitié habillée. « C'est Ben, K, ouvre-moi. » Panique totale, le combiné à la main. Quand Ben avait cette voix-là, je savais. Contradiction foudroyante. Bonheur qui tranche. Ben était là, dans cet état.

J'avais tenté d'esquiver : « Il est hyper tôt, Ben, qu'est-ce que tu fous là ? » Ben avait hurlé : « Ouvre, putain, K ! Cinq minutes ! Tu vas pas me laisser sonner comme un connard ? » Mécaniquement, j'avais appuyé sur la clé. Le temps que Ben monte, j'avais emporté Sam dans sa petite chambre, l'avais mis dans son lit parapluie. J'espérais qu'il n'allait pas se réveiller. La tronche que j'avais ? Tant pis. Mais la maternité… Je redoutais que Ben ne raille le reste des kilos qui m'avaient transformée. Il avait sonné à nouveau : « C'est quoi ton étage ? Putain, K, c'est comme ça que tu me reçois ? – Quatrième, à gauche. »

Sam, évidemment, s'était réveillé. Je l'avais pris dans mes bras : « Sam, c'est Ben qui arrive. Je t'expliquerai. » J'avais embrassé mon bébé et l'avais reposé dans son lit. J'avais passé un pull, puis je m'étais précipitée vers la porte d'entrée de peur que Ben ne sonne chez les voisins ou ne hurle dans l'escalier.

Là, dans mon lit, je revois Ben métamorphosé. Ses yeux avaient disparu, bouffés par son visage gonflé. Son jean tombait sous son cul. Ses cheveux n'étaient pas lavés. À trente-cinq ans, il ressemblait à une caricature de cinquantenaire, le pantalon qui dégouline et la bedaine pardessus. Ce petit garçon, celui que j'aimais, il le maltraitait. Sans bouger, il suait. Il n'arrêtait pas de se gratter.

« Salut, ma K, j'abuse, je sais. Je peux dormir avec toi ? Je dérange ? » Ben ne tenait pas sur ses jambes. Il avait l'air épuisé. « Je crois que la soirée a été longue. Une nuit digne de ce vieil Hicham ! Je suis incapable de te dire ce que j'ai fait. Je vais encore me faire engueuler. Juste dormir, s'te plaît. »

Après avoir critiqué cet appart bourgeois, après m'avoir dit que j'étais perdue pour la cause, Ben avait filé directement dans la chambre. Il l'avait trouvée à l'instinct, à moins que je ne l'y aie guidé, comme par réflexe, pour empêcher la violence qui pourrait arriver. Il ne s'était pas déshabillé. Il s'était allongé, écroulé. Je lui avais retiré son pantalon. Il m'avait engueulée. Et il s'était endormi. Contre moi. Comme avant. Il s'était endormi. Doux. Comme un enfant.

« Tu m'as trop manqué, K. »

Caresses sur mon œil droit, du bout des doigts.

Je m'étais collée à lui. On s'était mis en cuillère, moi au cœur de son corps à lui. Ben respirait tellement fort. Son sommeil était de plomb, mais agité. Il parlait en dormant. Parfois, il était clair. Par moments, pas.

Il avait dit : « Je finirai par crever. Pas ce matin, j'espère. T'as pas du Lexo, K ? » Je l'avais pris dans mes bras. Je voulais qu'il s'en aille, je voulais qu'il reste avec moi. Je ne savais pas quoi faire.

Ben dormait tellement fort. Une heure, deux heures. Il ne parlait plus. Il respirait vite. Et trop lentement parfois. Un silence, un râle.

*

On était restés comme ça, moi au creux de Ben. J'avais senti son souffle dans ma nuque. J'étais sur mes gardes, je vérifiais, contrôlais le rythme de ses inspirations. Je guettais le chaud de son haleine qui venait balayer la naissance de mes cheveux. Et puis ça s'arrêtait. Un peu. Et puis ça reprenait. Et puis ça s'était arrêté. Longtemps.

J'avais cru qu'il était mort. Je l'avais secoué. Je lui avais parlé, je l'avais engueulé. Il n'avait pas bougé. Je m'étais mise à genoux, lui avais fait face. J'avais lutté contre l'angoisse, contre la colère de le voir comme ça. « Ben, tu m'entends ? Respire ! » J'écoutais. « Putain, Ben, qu'est-ce que je dois faire ? » Un râle. Je ne savais pas si je devais appeler les pompiers ou si, au contraire, dans le sommeil, mieux valait laisser son corps s'apaiser. Ben s'était réfugié là, chez moi. Il savait sans doute mieux que moi. J'avais choisi de m'en remettre à lui. « Fous-moi la paix, K. »

Peut-être étais-je encore ce havre. Peut-être devais-je

lui donner ce qu'il était venu chercher. Mes mots. Le calme. L'enfance.

Au bout du couloir, Sam s'était mis à pleurer. Il m'appelait et il n'y avait que ces larmes-là qui pouvaient m'arracher aux bras de Ben.

Je m'étais détachée. J'étais sortie du lit. Je m'étais levée. Ben dormait. J'étais allée chercher mon bébé. Je m'étais enfermée dans la salle de bains avec Sam. Je m'étais douchée, m'étais préparée, je n'avais pas dit un mot à mon bébé qui contemplait ma stupeur, ce silence gardé. Je craignais que Ben ne se réveille, qu'il ne se mette à hurler. Je redoutais que Ben ne meure pendant que j'étais en train de me doucher. J'étais inquiète et Sam, par son regard, essayait de me calmer.

Plus tard, j'avais installé Sam au milieu de ses jouets, au pied de mon bureau. J'avais lu quelques mails, fait semblant de travailler. Sam levait les yeux vers moi de temps en temps. À chaque regard, mon bébé et moi, on s'envoyait un peu de tranquillité. Celle dans laquelle, ce matin-là, Ben était venu se réfugier.

Je me rappelle.

Il était presque midi. Dans sa chaise haute, à l'autre bout du couloir, Sam mangeait en silence. Un plat pour bébé. Je ne savais pas cuisiner. Sam ne faisait pas de bruit, il s'appliquait. Sam vivait au rythme de sa mère, qui ne savait pas quoi faire. On était tous les deux dans une bulle momentanée et Ben, au loin, par intermittence, ronflait. Par moments, son souffle disparaissait.

Qu'il était lent, ce temps. Qu'ils étaient longs, ces silences.

Sam, sa vie qui commençait.

Ben, sa vie qu'il détruisait.

Et moi, terrorisée.

Je n'étais pas le genre de personne à avoir toujours souhaité être mère. Je n'étais pas contre mais me projeter, je ne me l'étais pas autorisé. Les rares fois où j'avais imaginé que j'aurais un enfant, je l'avais vu sous les traits de Ben. Pour moi, un petit garçon lui ressemblait. Cheveux châtains, yeux clairs. Sourire ravageur, taches sur ses fringues, des câlins pour sa mère. Quand j'avais su que j'allais être mère, la joie de la maternité n'était advenue qu'à la faveur de cette image de Ben. J'étais parvenue à ce seul désir : être adulte, un petit Ben à mes côtés. Ce jour-là, je craignais pourtant de les confronter, Ben et Sam, je ne savais pas quelle enfance protéger.

Pendant que je nettoyais la vaisselle de Sam, il s'était dirigé vers la chambre à coucher, où je n'entendais plus Ben ronfler. J'avais laissé mon bébé satisfaire sa curiosité.

« Ah bah t'es mignon, toi. Tu vas pas avoir peur de moi ? » Au son de la voix de Ben, je m'étais rapprochée. Au bout du couloir, cette immense masse qui faisait désormais face à mon bébé. Sam s'était arrêté net. Un type dans le lit de sa mère… Ben, ses yeux qui plissent, sa peau si douce, m'avait demandé : « Je peux le prendre dans mes bras, tu crois ? »

Dans ma tête, mille pensées opposées.

Ben dans cet état.

Ben et Sam. Enfin.

« Demande-lui. Tu verras. » L'immense corps de Ben s'était accroupi, les yeux injectés, rougis. « Tu viens dans mes bras, Sam ? » Mon enfant, à quatre pattes, s'était avancé, avait grimpé sur Ben, lâchant sa tétine, dans un rire, le regard tourné vers moi.

Nous étions restés là. Moi dans le couloir, Sam dans les bras de Ben. « Tu ressembles à ta mère. Dommage que je ne sois pas ton père. » Les filtres, l'abstention, rien n'empêchait jamais Ben de dire ce qu'il pensait. « Il t'entend, tu sais. On t'entend, Ben. – Me fais pas chier, K. Il a bien le droit de savoir. Pas vrai, Sam ? » Ben l'avait regardé, l'avait soulevé en l'air. « C'est pas ma faute si ta mère, elle aussi, t'a refilé un connard de père. »

J'avais repris Sam : « C'est l'heure de la sieste. Je reviens dans deux secondes. »

Le temps que je couche mon enfant dans sa petite chambre, Ben avait cherché la salle de bains. Le temps que j'endorme Sam, Ben avait ouvert le placard à pharmacie et avait tout dévalisé.

Du bout du couloir, j'avais entendu la porte claquer. « Je m'casse, K. Mes hommages à ton bon mari. »

*

C'est ça, Ben, pars. Tire-toi. Laisse-moi. Continue de ne penser qu'à toi. Demain, je me relèverai à moitié, et, contrairement à toi, je serai encore là. Demain, je continuerai à lutter sans toi. Je pourfendrai nos pères. Ces gens qui n'ont aucun courage et assomment leurs enfants de leur mauvaise foi. Cette génération qui, hier, nous voulait adultes et aujourd'hui nous traite comme des enfants incapables de faire des choix.

Je lutterai contre la violence de leur norme, contre celle du pouvoir qui divise pour mieux organiser leur entre-soi.

Allez, barre-toi, Ben ! Perpétue leur individualisme, leur égocentrisme, leur lâcheté. Persiste à ne rien voir. Poursuis ton chemin solitaire, triste fils de ton père. Continue de nier sa violence, et la bêtise de son absence. Continue de souffrir, Ben, et de penser que ça donne tous les droits. Je ne veux plus de tout ça.

Dans ta désertion, ta manière de te foutre en l'air, tu donneras raison à tous les cons qui nous entourent, à ceux qui se cachent derrière la nuance et fuient toute émotion. Les cons d'hier, ceux d'aujourd'hui. Ils continueront d'exister et toi tu ne seras plus là.

Pars, Ben. Tire-toi. Laisse-moi seule. Demain, je me relèverai et je continuerai de lutter contre la vanité de tes mises en danger, tristes caprices de la virilité.

Ne jamais tourner le regard vers la personne qui vous accompagne, se contenter de profiter des différences construites par la société. S'y appuyer. Quelle indécence, Ben !

Je ne veux plus comprendre cette misère de l'âme, cet égoïsme de privilégié. Je ne veux plus excuser ton renoncement, ton manque de solidarité. J'arrête de te protéger.

Je ne supporte plus cette incapacité à voir les autres, à me voir moi. Décidément, même les plus mignons des petits garçons finissent par accepter la norme quand elle leur permet de régner sur la moitié du monde. Même eux acceptent de se laisser faire quand ils ont tout à y gagner. C'est trop facile, Ben. Trop facile de se regarder le nombril quand tout, dans la société, vous offre de ne pas penser.

Demain, je chasserai loin ces constructions, celles qui vous imposent un genre et vous font croire que l'égalité est déjà là. Je refuserai la violence. Celle de François ou celle de Charles, celle que tu as choisi de ne pas voir. Mais je n'en tirerai aucune gloire, je n'en ferai pas une raison pour me préférer moi. Je ne m'en servirai pas pour me plaindre et me désengager de tous les combats. Béa ne me comprendra toujours pas. Elle continuera de me prêter des rêves dont je ne veux pas. Je m'en fous. Je ne laisserai plus des gens sans âme dicter ma cohérence de femme.

Qu'est-ce que tu as fait de toi, Ben ! Tu t'es mis au centre, et tu as caressé mon œil droit pour que je ne te regarde pas.

Je ne me cacherai plus la vérité, Ben.

Je t'aime, mais je refuse de me détester comme ça.

V

Amputation

Six heures. Je sors du gouffre avec le jour. J'organise mes pensées. Je tente de glisser un doigt sous ce qu'il reste de pansement, par le haut, par le bas. Je cherche le vide. Je reviens sur mes pas.

Je me souviens maintenant. La femme d'à côté a toujours été là. Elle m'a accueillie hier, quand je suis arrivée. Sans aucune question, juste avec son regard.

Avant de me faire opérer, j'ai attendu à l'accueil. Les infirmières m'ont demandé pourquoi j'étais là. « Une mastectomie. – Ah très bien. » Elles m'ont imposé de m'asseoir près de la poubelle du couloir. Ensuite, elles sont revenues m'indiquer ma chambre. La 2, celle dans laquelle j'ai passé cette nuit de cauchemar. Je les ai suivies. « Vous vous déshabillez et vous enfilez ça. Chemise, charlotte, chaussons. Vous avez bien pris votre douche à la Betadine ? » J'ai dit « Oui ». Et la femme, dans la chambre, m'a souri.

Un peu plus tard, quand un infirmier est venu me chercher, les yeux de cette femme ont suivi mon départ. Elle m'a regardée m'éloigner, chaussons aux pieds. « À tout à l'heure. »

Sur la chaise roulante dans laquelle on m'a installée, j'ai croisé les jambes et, comme depuis des années, j'ai échoué à paralyser le passé.

*

Je n'ai plus vu Ben après sa rencontre avec Sam. J'ai su qu'il était allé en cure à l'hôpital, et reparti en voyage. Il était à Paris aussi.

Je me suis débrouillée pour l'oublier. Mon cerveau a résolu une équation simple, il a fait avec son absence. Ben ne m'a pas manqué. Il m'a suffi de ne pas exister.

J'ai annulé mon enfance, me suis figée dans un présent sans réalité. Je me suis contentée des codes de la société. Un couple, une descendance. J'ai accepté de vivre sans rien espérer, soulagée, chaque année, qu'il ne nous soit rien arrivé. Tant que Ben ne se montrait pas, je ne souffrais pas. Je n'étais pas triste. Je n'étais pas là.

Pendant quinze ans, je n'ai plus pensé à lui. Je n'ai pas essayé de le retrouver. J'ai coupé, débranché. Je me suis moquée des manipulations quotidiennes de Charles, que je prenais pour des médiocrités banales, émanations de la domination masculine blanche et friquée. Je n'ai plus pensé à la cellule. J'ai renoncé à l'unité.

J'ai poursuivi mes recherches, écrit des articles. À quarante ans, on court tout le temps. Béa n'a pas été grand-mère, François ne s'est jamais montré. Suzanne est restée en Vendée. Elizabeth et Xavier ont continué leur cirque de leur côté. Charles, lui, a passé sa vie en voyages, en congrès. Hugh n'a cessé de me relancer.

J'ai élevé Sam seule. Je lui ai chanté nos chansons, montré nos films, mais, de Ben, je ne lui ai jamais parlé.

Sous ses traits, je l'ai vu réapparaître pourtant. Cet enfant aux yeux clairs qui regardait, bouche ouverte, nos dessins animés préférés. Cette vulnérabilité, cette joie intense que l'on ne garde qu'un temps.

Arrivée au bloc, le médecin m'a montré la table : « Grimpez là, installez-vous. » Immédiatement, Ben s'est invité : « Et hop, un bon gros "démerdez-vous" ! Bon petit soldat, K ! »

Une image a jailli.

Ben me prend dans ses bras. « Mais pourquoi tu ne dis jamais rien, K ? Qu'est-ce qu'il y a ? Je suis désolé. Il y a tellement de choses que je ne sais pas. – Tellement de choses que tu choisis de ne pas comprendre. Quel luxe d'être un mec, Ben. Je ne sais pas si tu t'en rends compte. » Ben déteste quand je dis des trucs comme ça. Avec sa main droite, il saisit ses couilles et avec la gauche me balance un gros doigt. « Tu dis ça pour Hicham, j'imagine. » J'accuse le coup. Je la connais cette violence. Cette grossièreté, ce sans-filtre qui surgit, ce mauvais génie qui le saisit parfois. Je ne réponds pas.

En montant sur la table d'opération, j'ai pensé aux vaccins. Courage obligatoire. Si tu ne le fais pas pour toi, fais-le pour Ben. Montre-lui que tu n'as pas mal. Je me suis allongée congelée dans ma chemise bleue.

Pour m'endormir, l'anesthésiste m'a demandé : « Vous voulez un peu de musique ? – Oui. Nancy Sinatra. "Bang Bang". Vous avez ça ? »

I was five and he was six
We rode on horses made of sticks...

D'un coup, nous nous retrouvons à cheval, Ben et moi. Au poney-club, avec Adèle et Hicham.

Ben est désigné pour monter Ô, le plus paresseux de tous les chevaux. Hicham, lui, a Oniris, Adèle Pepita et moi Boutchou.

La balade, Ben et moi, on adore ça. Surtout le moment où Fabienne nous donne le droit de galoper dans les bois. Poney contre poney. Au cri de Fabienne, on se débrouille pour passer premiers. Au grand galop, côte à côte, on se tient la main sans tomber.

Sur la table d'opération, je t'ai revu si petit, Ben.

Tu donnes mille coups de talons à Ô, le shetland le plus gros. Les jambes trop courtes, en grand écart, tu talonnes la selle sans discontinuer. À te voir filer comme une fusée, je rigole sans m'arrêter. Ça me vient du ventre. Une joie. Un espace dans le creux de l'estomac, du poil à gratter, un truc qui finit par complètement m'enivrer.

Ces sensations-là, je les retrouve. Les emporte avec moi.

Évidemment, cette cavalcade, comme dans nos westerns, va mal tourner. En tête, Ben et moi hurlons : « Taïaut ! Taïaut ! » et tous les poneys, derrière nous, finissent par s'emballer.

J'entends ta voix : « Tu te rappelles, K ? On traversait les rivières, on sautait par-dessus les rondins. On était au meilleur moment du scénario. »

Hicham, dans la lune, n'avance pas. Ben me le fait remarquer : « Ce bon vieux Stumpy, y a rien à en tirer. »

Adèle, elle, n'apprécie pas non plus le grand galop. Embarquée sur Pepita, pourtant facile à manier, elle ne veut plus bouger. En entendant Fabienne l'engueuler, au cœur de notre course, nous arrêtons nos chevaux. Je commente : « Y en a toujours qui préfèrent rester au saloon, Johnny Guitar. » Nous revenons sur nos pas. D'un geste, je prends les rênes d'Adèle et ramène son cheval en mode prisonnière du désert. Ben sourit : « Une captive aux yeux clairs. » En passant devant Fabienne, il la met en garde : « On dirait bien que vous vous êtes laissé cerner, mon révérend. » Elle se marre.

He wore black and I wore white
He would always win the fight...

*

Au bloc, avant de m'endormir, j'ai été emportée par ton rire, Ben. Ton rire d'enfant, mon révérend. Notre enfance m'a rassemblée. Elle a gonflé mon courage. Creusé le sens de mon existence. Là, sur la table.

J'ai pensé. Toute notre vie, nous aurons gardé ce langage, toi et moi. Notre langage secret, complet, indécelable. Comme un récit intérieur partagé, une histoire qu'on aura été les seuls à se raconter. Notre langue « maternelle », celle de la naissance, la première. J'étais ton contact avec l'extérieur et tu étais mon lien à moi-même. Artémis et Apollon, jumeaux divins et complémentaires.

L'anesthésiste a mis un masque sur mon visage. « Madame, vous pouvez compter à l'envers pour moi ? »

Comme au CP, quand tu comptais sur mes doigts.

*

Dix, neuf, huit...
Là, sur la table d'amputation, j'ai pensé.

Je m'endors mère et je me réveillerai enfant.
À moitié.

Sept, six, cinq...
Là, sur la table d'amputation, Ben m'a repris la main.
Nos derniers jours ont surgi.

*

J'avais appelé Ben au début de l'année.

Paris, 9 février 2024, treize heures cinquante et une : « Ben. Je suis malade. Je t'appelle. Je suis désolée. »

Cadaqués, 9 février 2024, treize heures cinquante-deux : « K. Ta voix. Donne-moi ton adresse. J'arrive. »

Au commencement de la fatigue, avant même le diagnostic, Charles se lamentait déjà : « Je ne sais pas ce que tu as. Mais reprends-toi. Tu as pensé à moi ? » Il m'avait acheté des fleurs. Il partirait peu de temps après.

Plus tard, l'oncologue proposerait de faire disparaître les cellules malades, d'éradiquer le mal. Tuer l'immortel.

Le chirurgien conseillerait d'amputer, « c'est ce que je ferais pour ma fille », et offrirait de reconstruire pour faire semblant, « ça ne se verra pas, ne vous inquiétez pas ». Il enlèverait le sein et mettrait une masse insensible à la place. Facile ! Il estropierait mes sensations féminines et y implanterait une chimère masculine. « Personne ne le verra. Vraiment. Ne vous en faites pas. »

Du silicone, du polyuréthane à la place de ma chair tuée.
Sans discussion.
D'objet à objet.

Un ersatz pour rassurer Charles ?
Inutile.

Bang bang, he shot me down
Bang bang, I hit the ground.

*

Six mois. Six mois déjà.

Au mois de février dernier. Le soleil était blanc, les arbres échevelés. Les rues étaient sèches, faciles à arpenter. Elles avaient l'air propres. Tout paraissait léger. Baskets aux pieds, jean, manteau chaud. J'attrapais les sourires des passants et, heureuse, leur répondais.

Ce jour-là, je remontais la rue Henri-Regnault. On s'était retrouvés devant les Éditions Amsterdam. Un joli rendez-vous. Un rendez-vous d'hier. Près de quinze ans après. Un endroit entre chez lui et chez moi. Entre le nous d'avant et celui qui viendrait. Un endroit pour soi. Ben et K.

À midi, Ben m'avait rejointe, il s'était planté devant moi, il m'avait barré la route, s'était implanté là. Je me rappelle. Sa présence m'avait coupé la chique, m'avait avalé la langue. Je n'avais su que me taire. « J'aime bien comme t'es habillée, K. T'as un nouveau tatouage ? Je parie que ton bon mari ne l'a même pas remarqué. » Ben et sa profondeur. Ben et son acuité. Ces liens vers notre unité. Je les retrouvais. Mon corps si maigre, marqueur de mon enfermement. Ben avait compris. Il avait vu. Mon corps immortel, essence malade, prêt à exister.

J'avais marché à son rythme. Je m'étais arrêtée pour les fleurs. Un oxalis. Celles qui, avec Ben, touchaient mon cœur. Je m'étais arrêtée pour la perfection du dessin d'un immeuble dont l'arête se détachait dans le ciel. Il n'y a qu'avec Ben que j'accédais à cette grammaire. Avec lui, je savais rejeter la guerre, lui faire la guerre, ne pas me contenter d'accepter la paix. Il n'y a qu'avec Ben que je savais exister dans le réel, que j'essayais.

« Regarde la beauté. »

Ben avait levé la tête. Il avait acquiescé. Il avait encaissé. Il avait magnifié.

Je l'avais suivi. Je ne savais pas où on allait. On se rejoignait, c'est tout. C'était comme ça. On se suivait.

Pour ça, pour interpréter, comprendre. Comme quand on était petits.

En moi, un souffle s'était levé. Ma certitude avait gonflé : quel qu'ait été notre passé, quel que soit notre avenir, j'ai cette chance infinie de vivre sur la même planète que lui.

J'avais marché, j'avais chaud. Dans ma tête, mille questions. Que va-t-on faire du lien d'hier ? Et pour demain, que fera-t-on ?

Ben avait caressé mon œil droit, du bout des doigts.

On répond à ces interrogations. C'est ça qu'on est en train de faire. On se voit pour espérer quelque chose de nos vies passées, les nourrir, les sublimer, les réduire ou les atténuer. On y va. On le fait. On s'en occupe justement. Alors pourquoi tu trembles, K ? De quoi as-tu peur ?

« De l'irréel intact dans le réel dévasté. »

*

Quatre, trois…

Là, sur la table d'amputation, j'ai fermé les yeux.

La drogue m'a parcourue. Le sommeil m'a envahie. Les derniers sourires de Ben ont pris tout l'espace. Le bonheur a chassé mon vague à l'âme.

Trois semaines au mois de février.

Trois semaines, Ben et moi.

Homme et femme, on s'était retrouvés enfants. Sous le déguisement, l'un avait su reconnaître l'âme de l'autre, en démasquer l'innocence, l'authenticité.

Trois semaines en février.

On s'était enfermés, on n'était pas sortis. Ben m'avait raconté.

Dans le trois-pièces en sous-location qu'il payait comme il pouvait, Ben était devenu dramaturge, bras droit indispensable de metteurs en scène de théâtre, public ou privé. Depuis quelque temps, après des années de colère contre la mort d'Hicham, Ben travaillait. Le jour, la nuit surtout. À son bureau, dans sa baignoire, sur son lit, il rassemblait les textes, les idées, procédait à l'analyse des temps, des milieux abordés. Pour chaque pièce, il interrogeait l'ambition de l'auteur, transcendait sa réalité.

Ben se servait un whisky, mettait de la musique sur sa vieille chaîne, *Stabat mater* en boucle, et se glissait dans la peau de cet « autre que lui ». Toujours, quand on lui envoyait une comédie, un drame ou une tragédie, il râlait. Travailler, ça le faisait chier et, forcément, le manuscrit serait mauvais. Et puis, parfois, il se réjouissait. Obligé par la puissance du texte, il se concentrait. Ben projetait les scènes, comprenait comment les représenter. Toujours, chaque fois, il envoyait ses propositions à Suzanne, pour qu'elle dise ce qu'elle en pensait. À Xavier, il n'en parlait jamais.

Il m'avait dit : « Les conneries, c'est fini, K. Je vais partir. Cette fois-ci, vraiment, je pars. Ce voyage à Erzerum. Tu sais, celui qu'on voulait faire avec Hicham. Celui de Bouvier. Je vais le faire. Je me suis acheté une vieille caisse. Et puis, peut-être que j'écrirai. Il est temps. Tu as raison. Toute cette tristesse, l'alcool, la dope, tout ça, je les laisse à mon père. Je pars, K. Mais toi, tu es malade et je ne veux pas te laisser là. »

J'avais récité : « "À l'est d'Erzerum, la piste est très solitaire." »

J'avais espéré. « Pars, Ben. Dégage-toi de tout ça. Et quand tu rentreras, je serai toujours là. »

Trois semaines en février.

On s'était enfermés, on s'était déprogrammés, on s'était maintenus à la frontière. On avait essayé. Dans l'appart de Ben, aucune porte n'était jamais fermée.

« T'es une taiseuse, K.

K. Taiseuse.

Un jour, tu m'expliqueras.

N'attends pas que je ne sois plus là. »

Pour l'espoir et la rage, pour l'exigence et le punk-rock, pour son immense travail surtout, je remercie mon éditeur, Aurélien Masson. Immortel, parmi les immortels.

RÉALISATION : NORD COMPO À VILLENEUVE-D'ASCQ
ACHEVÉ D'IMPRIMER SUR ROTO-PAGE
PAR L'IMPRIMERIE FLOCH À MAYENNE
DÉPÔT LÉGAL : AVRIL 2025. N° 157843 (106641)
IMPRIMÉ EN FRANCE